La Reina Africana

Louis Alexandre Forestier

Índice

Dramatis personæ
Capítulo 1
Capítulo 2
Capítulo 3
Capítulo 4
Capítulo 5
Capítulo 6
Capítulo 7
Capítulo 8
Capítulo 9
Capítulo 10
Capítulo 11
Capítulo 12
Capítulo 13
Capítulo 14
Epílogo
Del Autor
Sobre el Autor
Obras de L.A.Forestier
Coordenadas del Autor
Sobre el Editor

Dramatis personæ

Nadege: Muchacha tutsi.

Shema: Muchacha tutsi, hermana de Nadege.

Mutuzo: Muchacha tutsi, hermana de Nadege.

Raissa: Muchacha tutsi.

Hakim: Muchacho tutsi, hermano de Nadege.

Mukamutara: Matriarca tutsi, abuela de Nadege.

Muteteli: Chamán y curandera de la aldea.

Aleksander Kuznetsov: Mercenario ruso.

Miriam Kumalo: Médica sudafricana de etnia Zulú.

Dirk van der Velde: Contratista de mercenarios.

Anatoly Vasiliev: Mercenario ruso.

Hanspeter Berghorst: Mercenario alemán.

Kagisu Kumalo: Padre de Miriam.

Lindiwe: Madre de Miriam.

Funani, Kgabu: Hermanos de Miriam.

Jabulile, Olwethe: Hermanas de Miriam.

Msizi: *Sangoma* o adivino, chamán zulú.

Gatshe: *Inyanga* o herbolario zulú.

Langa: Aldeano zulú.

Nolwandle, Sibongile: Aldeanas zulúes.

Capítulo 1

Acostumbrada a la algarabía del bosque producida por mil aves y los sonidos de escurridizos mamíferos, Nadege supo desde el comienzo que algo no andaba bien. El silencio que la acompañaba desde hacía un largo rato y del cual sumida en sus pensamientos recién ahora se había percatado, presagiaba algún evento que seguramente no habría de ser pacífico ni agradable. La muchacha supuso que podría tratarse de alguna fiera de la selva; en efecto, aunque ya eran raras un tiempo atrás algunos aldeanos habían denunciado que un leopardo enorme deambulaba por el bosque y había matado a varias de sus cabras.

Nedege adivinó que fuera lo que fuese la causa del silencio repentino se hallaría junto al arroyo de modo que se abrió paso en la maleza aproximándose en sentido descendente al cauce que se hallaba un poco más abajo.

La fronda le tapaba la visual de manera que aunque oía el rumor del agua al correr aun no podía ver el alegre espectáculo de su fluir.

Casi había llegado a la orilla cuando por fin vio las piedras del lecho y el agua discurriendo entre ellas. Miró en ambos sentidos y el corazón le dio un salto. Tendido en el fondo del arroyo un cuerpo obviamente humano yacía boca abajo totalmente inmóvil.

Terribles escenas de su niñez le asaltaron y le produjeron un episodio de angustia profunda. Escenas fantasmagóricas de centenares de cuerpos de hombres, mujeres y niños muertos a machetazos y abandonados en los campos y caminos por los milicianos asesinos hutus retornaron vívidamente a su mente y una mezcla de terror y odio volvieron a su espíritu. Tuvo la tentación de huir y negar mentalmente la escena que tenía frente a ella, pero un sentimiento humanitario se impuso. Saltando por sobre las piedras del cauce se acercó, y fue entonces que se percató que se trataba de un hombre blanco, de gran tamaño, cuya piel rubicunda se hallaba a la vista por estar totalmente desnudo. Nedege se acercó segura que no había nada que podía hacer por el hombre y ya estaba por retirarse para pedir ayuda para sepultar el cuerpo cuando sus ojos percibieron algo que le pareció extraño de modo que se aproximó aún más. No había dudas, la mano izquierda del hombre presentaba unos movimientos que no eran debidos al agua, como si el hombre tratase de asir unas piedras que se encontraban bajo sus dedos.

Con un súbito gesto de alegría la muchacha dio vuelta de cuerpo y vio que se trataba de un hombre joven, de cabellos rubios y barba de varios días. Trató de reanimarlo pero no lo consiguió; se dio cuenta que debía sacarlo del curso del río para evitar la hipotermia que le paralizaría la funciones vitales o bien que al crecer el agua lo asfixiara. No había tiempo para regresar a la aldea y pedir refuerzos. Vio el tamaño del cuerpo del hombre y se preguntó si las fuerzas le alcanzarían para arrastrarlo hacia arriba de la barranca.

El cuerpo yacía de espaldas y la mujer consiguió despegar un poco el torso del lecho de la correntada lo que le permitió tomarlo por las axilas y comenzar a arrastrarlo penosamente por la empinada ladera. Realizó la tarea hasta que las fuerzas la abandonaron y cayó a su vez de espaldas sobre la hierba húmeda. Una vez que logró juntar otra vez algo de energías siguió apartando al desvanecido del curso de agua, y una vez que juzgó que su cometido estaba cumplido apoyó su mano sobre el pecho cubierto de vello de color claro. La piel del hombre estaba helada por la acción del agua corriendo y Nedege se dio cuenta de que debía restablecer el flujo sanguíneo de inmediato; para ello comenzó a frotar el torso y los miembros de toda su energía hasta que ciertas zonas se pusieron rojas; en un determinado momento decidió que ya la sangre comenzaba a circular. Acercó su rostro al del forastero y creyó percibir que su boca emanaba un aliento. Cuando fatigada se incorporó para relajar sus propios músculos contraídos su vista tropezó con un detalle que le resultó perturbador pero del cual instintivamente apartó la mirada. El miembro viril del hombre mostraba una gran erección, fruto sin dudas de la friega que ella misma había realizado.

Muy a su pesar sus ojos volvieron a posarse sobre el pene erecto, en parte por curiosidad y en parte por un impulso que le venía de muy adentro y que aunque la muchacha no quisiera reconocerlo era deseo. Una ola de calor la invadió y retrocedió un paso para alejarse de la tentación.

A los dieciocho años Nadege era virgen, a pesar de que la mayoría de las africanas son casadas a edades entre catorce y dieciséis años. Ese celibato no era una decisión de la muchacha sino que obedecía a la absoluta falta de hombres en la pequeña aldea luego de la matanza llevada a cabo por los milicianos hutus años atrás. La abuela materna de la muchacha había conseguido huir con las mujeres jóvenes de su clan y arrastrarlas a un recóndito túnel en medio de la jungla, cuya entrada se hallaba obstruida por ramas. Ese sitio había sido usado por la familia por generaciones para esconder algunos objetos de su propiedad pero en esa oportunidad había servido para salvar a las mujeres de la carnicería.

Exhausta por el esfuerzo Nadege se sentó en la hierba cerca del cuerpo del hombre. Recién entonces, superado el momento de urgencia dictado por la necesidad de resucitar al caído, su mente comenzó a reflexionar sobre la situación en que involuntariamente se hallaba y sobre los pasos a dar. Era obvio que no podría mover al hombre y arrastrarlo hasta la aldea, pues eso estaba fuera de sus posibilidades físicas; por otra parte no sabía si Mukamutara- su abuela y matriarca que ejercía el liderazgo de la aldea y que era en definitiva quien tomaba todas las decisiones- aprobaría la presencia de un hombre en el escondido conjunto de chozas. Con toda seguridad no aprobaría la presencia de un hombre negro, pero Nadege ignoraba cuál sería la decisión en el caso de un blanco, cuya aparición era un caso extremadamente improbable en el poblado.

La joven se hallaba sumida en esas reflexiones cuando oyó un ruido que las sacó de sus abstracciones, algo así como un goteo. Al percatarse que la fuente de los sonidos era el hombre se acercó a él y constató que había vomitado agua, su respiración se había tornado agitada y sus ojos comenzaban a parpadear hasta quedar al final abiertos enfocados en lo alto. La muchacha quedó un instante mirando el color azul intenso de las pupilas, lo que constituía una novedad para ella. Finalmente el hombre percibió la presencia de ella y sus ojos se concentraron en la joven.

Instintivamente Nadege se sintió aliviada por la reacción del hombre que por diversos motivos tanto había causado impresión en su joven alma. Decidió hablarle en francés, idioma que hablaba en forma rudimentaria y era el único que conocía fuera del lenguaje tribal.

-¿Cómo se siente?- Fue lo único que atinó a decir.

Luego de unos instantes el hombre habló en el mismo idioma con un fuerte acento indescifrable, pero en vez de responder la pregunta inquirió a su vez.

-¿Dónde estoy?

-Lo encontré tirado en ese arroyo.-Contestó la muchacha. -Su cuerpo estaba helado y no hubiera durado mucho más en ese sitio.

El forastero incorporó su tronco apoyándose en sus codos y observó el curso de agua que la joven le señalaba. También miró su piel blanca teñida de rojo por los efectos de la friega y se hizo cargo de la situación.

-¿Tú me encontraste?- Preguntó.

-Sí, y traté de reanimarlo.

-Me has salvado la vida- Murmuró el desconocido.- ¿Cómo te llamas?

-Nadege. ¿Y cuál es su nombre?

-Aleksander.- Sólo en ese momento el hombre se dio cuenta de su desnudez y la erección de su miembro e intentó en vano esconder la situación. Lentamente se puso de pie venciendo algunos mareos y sosteniéndose en el hombre de la muchacha. Le llevaba más de una cabeza de estatura, y a Nadege el contacto de ambos cuerpos le produjo un sentimiento de excitación poco frecuente en su vida pero ocultó su reacción.

-¿No has visto mis ropas y mis armas por aquí?- Preguntó el llamado Aleksander.

-No. No había nada. ¿Qué le ocurrió?

-Unos milicianos que vinieron conmigo desde el Congo se sublevaron y me dejaron abandonado donde me hallaste.

La revelación implicaba que el hombre era un militar y jefe de grupos insurgentes al servicio de traficantes de metales que explotaban a los nativos tanto en las Provincias de Kivu Norte y Sur en la vecina República Democrático del Congo como en la misma Ruanda donde se hallaban. Esos contingentes habían masacrado poblaciones enteras y eran la maldición de la región. A pesar de no haber salido nunca de su aldea Nadege tenía conocimiento de esos raids por historias contadas por los escasos viajeros, por lo que su aprensión aumentó. Pero la reacción de abandonar al hombre a su suerte y correr a refugiarse en el poblado era vencida por la atracción que el gigante blanco ejercía sobre ella.

Ambos vagaron sin rumbo, ya que la muchacha no se decidía a encaminarse al villorrio e introducir en él a quién podía ser un peligro mortal para sus moradoras.

Era evidente que las fuerzas iban regresando al cuerpo de Aleksander y pronto no necesitó apoyarse en el hombro de la joven aliviándole de la carga que suponía.

En un momento Nadege creyó oír unos ruidos provenientes de la floresta pero los mismos de repente cesaron. El blanco le hizo señas de que esperara pues obviamente necesitaba orinar y por pudor debía buscar privacidad. Nadege quedó momentáneamente sola en un claro del bosque tropical por unos instantes esperando el regreso del forastero.

La aparición fue súbita y aterradora. Los tres milicianos hutus surgieron de alrededor el Nadege enarbolando sus machetes y formando un círculo en torno a ella. La desesperación invadió a la muchacha que conocía demasiado bien al destino a que quedaba expuesta. Sería violada repetidamente y luego con toda probabilidad asesinada. Un grito de terror surgió de su garganta.

Uno de los hutus que venía por detrás la tomó del brazo impidiéndole huir tirándola por el suelo y de inmediato los tres hombres bajaron sus pantalones prestos a cumplir su cometido. Uno de ellos levantó su vestido y abrió sus piernas a la fuerza. Nadege vio todo negro pero conservó el sentido. El olor asqueroso de los tres guerreros ya invadía sus fosas nasales y emitió otro grito que fue festejado por los hombres, que se habían amontonado sobre su menudo cuerpo caído para abusar de él.

El golpe fue como si una tromba cayera sobre el conjunto que yacía en el suelo. El enorme cuerpo que se abalanzó con toda violencia hizo crujir los huesos de la mujer al aplastar sobre ella a los tres violadores.

Con un veloz movimiento el recién llegado torció la cabeza de uno de los atacantes quebrando su cuello y matándolo en el acto. Al sufrir el ataque otro de los hutus intentó tomar su machete pero un golpe aplicado con el canto de la mano en la base de la nariz lo dejó fuera de combate instantáneamente. El machete quedó en las manos del providencial salvador y de un solo tajo cercenó la cabeza del tercer atacante.

Nadege se vio súbitamente cubierta de sangre y bajo los pesados cuerpos de sus tres atacantes y en pleno estado de shock

Poco a poco su respiración se fue normalizando y se animó a abrir los ojos. Sobre ella, y a lo que le pareció una gran altura, el llamado Aleksander la miraba; recorriendo con la mirada de abajo hacia arriba la joven vio las largas piernas blancas, el miembro aún más erguido, el pecho desnudo poblado de vello rubio y los ojos azules fijados en ella.

-¿Estás herida?- Preguntó el hombre.

Como única respuesta la joven se abrazó a las piernas de su salvador para sorpresa del mismo. El contacto íntimo fue muy excitante en medio de la ola de adrenalina de ambos y selló lo que habría de pasar.

Aleksander la levantó del suelo como si fuera una pluma, con un pie acomodó los cuerpos sangrantes de los tres hutus formando una especie de colchón en el suelo, y luego sobre ellos depositó a Nadege. Adivinando lo que seguiría la muchacha esta vez abrió sus piernas y sintió con gran dolor e inmenso placer el pene introduciéndose en sus entrañas vírgenes. Ambos agitaron sus cuerpos hasta ponerlos al mismo ritmo y llegaron al profundo clímax al unísono.

Nadege había heredado de su abuela ciertos poderes de adivinación de modo que mientras se consumaba el acto presintió que estaba quedando embarazada.

Pensó en el giro drástico de su vida. De doncella virgen se transformaba en una mujer encinta por un forastero del que sólo conocía su nombre de pila que la poseía con gran placer en un lecho formado por los cuerpos de tres odiados milicianos hutus a los que había matado solo con sus manos. El salvaje simbolismo de la escena se grabó en su cerebro.

Nadege se sintió invadida por una inmensa felicidad y se aferró al cuerpo del hombre para que no cesara su contacto con ella.

Capítulo 2

Nadege había insistido que el forastero llamado Aleksander se vistiera con las ropas de los hutus muertos, a pesar de que eran claramente pequeñas para el hombre y de que estaban cubiertas de sangre. Los pantalones le llegaban un poco más abajo de la rodilla y las mangas de las camisas un poco más abajo del codo, pero al menos cubrían su desnudez. De todas maneras la muchacha retenía en su memoria cada detalle del vigoroso cuerpo pero como se dirigían a la aldea donde ella habitaba deseaba hacerlo con recato y pudor y además no quería compartir con las otras muchachas de su edad la visión que había tenido.

El hombre también cargó con los tres fusiles y los machetes que había sacado a los hutus muertos, y calzaba un par de botas cuyo tamaño le resultaba adecuado

Guiados por la mujer se acercaron a la escondida población donde el pequeño clan sobrevivía desde los horribles sucesos de 1994.

En efecto, la masacre del pueblo tutsi en Ruanda fue uno de los episodios más negros de fines del siglo XX.

Todo comenzó cuando en un atentado el día 6 de Abril el avión que conducía a los presidentes de Ruanda y del Burundi, ambos de etnia hutu y apoyados por Francia, fue derribado por misiles al llegar al aeropuerto de Kigali, la capital de Ruanda.

De inmediato comenzó un espantoso genocidio en el cual ochocientos mil personas de etnia tutsi fueron masacradas por los miliciano hutus, en su gran mayoría decapitados con machetes de origen chino, pero también a balazos. Fue una matanza relámpago que duró solo cien días y que no dio tiempo de reaccionar a la comunidad internacional, que además permaneció anestesiada.

El Frente Patriótico Ruandés formado por tutsis reaccionó con una ofensiva que los condujo a apoderarse del país con objeto de efectuar represalias. Esto produjo un nuevo drama de la huída de dos millones de hutus al país vecino entonces llamado Zaire, hoy República Democrática de Congo, entre los que estaban incluidos miles de genocidas responsables de la masacre de hutus. Estos asesinos impunes se agregaron a la multitud de grupos militarizados que pululan en la zona oriental de Congo y en Ruanda, expoliando a los pobres mineros que apenas sobreviven con la producción de metales y otros minerales como el valioso coltán.

En esta conflictiva y devastada zona se habían refugiado las mujeres que integraban la aldea en que Nadege vivía, a la que habían sido llevadas por la abuela de la muchacha y algunas otras matriarcas dieciocho años antes.

Aterrorizadas por los recuerdos y las narraciones de los escasos viajeros que circulaban en la zona las sobrevivientes habían cortado todo vínculo con el exterior al villorrio. Por esa razón Nadege sabía que habría de enfrentar resistencias al llevar a un hombre extranjero a su hogar, pero confiaba que al narrar todo lo acontecido sería escuchada y que su decisión sería aceptada por el pequeño clan.

Luego de una larga marcha por una senda apenas trazada en medio de los matorrales ambos llegaron a un claro en la selva en el que se veían una docena de chozas y algunas cabras y gallinas caminando en el suelo apisonado tratando de encontrar algún sustento. Solamente se hallaban a la vista dos muchachas jóvenes y una mujer anciana.

-¿Estos son todos los habitantes?-Preguntó Aleksander.

-No. En total hay veintidós personas, todas mujeres de distintas edades. La mayoría está trabajando en el huerto situado detrás de la aldea, a unos cien pasos.

Las tres mujeres se acercaron a los recién llegados con una mezcla de miedo y curiosidad. La vista de un hombre de gran talla armado hasta los dientes no les resultaba tranquilizadora.

Nadege se aproximó a ellas, en realidad sus parientes y vecinas hablando en voz alta en su idioma, una lengua de origen bantú.

-Este hombre me ha salvado la vida matando a tres milicianos hutus que me habían asaltado.- Exclamó mientras agitaba sus brazos. -Esas armas eran de los hutus.- Agregó señalando al hombre, quien aunque no entendía lo hablado se había hecho cargo de la situación y dejó las armas en el suelo apartándose de ellas en son de paz.

De la vegetación situada del otro lado de la aldea comenzaron a salir mujeres jóvenes y dos ancianas, a la vez que un solo hombre joven. La tensión era evidente por el temor de los lugareños ante la inesperada presencia de un desconocido en su hogar. Nadege intentó hacer las presentaciones en el dialecto, con el que se sentía más cómoda que con el francés.

-Abuela. Este es Aleksander. Este hombre me salvó...

A continuación hizo un largo relato de lo ocurrido desde el momento en que halló al hombre tirado en el arroyo casi muerto de frío hasta el combate con los soldados hutus. Luego cambió de idioma y dijo en francés dirigiéndose al extranjero.

-Ella es mi abuela Mukamutara. Es la dirigente máxima de la aldea y es quien toma todas las decisiones que afectan a nuestra pequeña tribu.

Luego señaló a la otra anciana.

-Ella es Muteteli. Ustedes la llamarían chamán. Es quién prepara las medicinas y cura a los habitantes del pueblo.

Mukamutara se acercó al extraño observándolo fijamente a los ojos como si intentara leer en su mente y luego le preguntó.

-Aleksander. ¿Eres francés?

-No señora. Soy ruso.

-¿Ruso?- Probablemente la anciana había oído la palabra antes, pero obviamente no producía muchas asociaciones en su mente.

Luego tomó una decisión y dijo.

-Nadege, ven conmigo a mi choza. Tú Aleksander, puedes descansar aquí.- Agregó señalando unos troncos que servían como asiento.

La escena dentro de la choza se prolongaba con las explicaciones de Nadege, las preguntas de la abuela y las consiguientes respuestas. Luego de meditar un rato Mukamutara preguntó.

-Nadege. Dime la verdad. ¿Has tenido sexo con el forastero? Es muy fuerte y bien parecido.

El rostro renegrido de la muchacha se cubrió de rubor pero contestó con voz firme.

-Sí, abuela, varias veces antes de venir hacia aquí.

La chamán había agregado unas hierbas al fuego que estaban despidiendo un humo intenso y verdoso. Lo aspiró profundamente y luego se acercó a Nadege, le colocó una mano arrugada en el vientre y le dijo.

-¿Es posible que hayas quedado encinta?

-Así lo creo.

Ninguna de las dos matriarcas preguntó en que se basaba la creencia de la muchacha.

-¿Así lo crees o así lo quieres?

-Ambas cosas.

La curandera regresó a su fuego y comenzó a musitar una especie de mantra monótono mientras agitaba rítmicamente su cuerpo hacia adelante y hacia atrás. Mukamutara la observaba en silencio; finalmente la chamán se quedó quieta y muda, aparentemente durmiendo. Luego de un largo rato abrió sus ojos y miró a sus compañeras.

-¿Qué dices Muteteli?- Preguntó la jefa del clan ante la mirada expectante de Nadege.

—No recibo mensajes de que el extranjero nos traiga peligro. Más bien protección.

La joven exhaló un suspiro de alivio ante el veredicto favorable de la curandera, quien filtraba todos los hechos que afectaba a la aldea antes de que Mukamutara tomara una decisión. Entonces la última ocupó el centro de la escena y fue su turno de meditar en silencio. Al cabo de un rato dijo.

-He decidido tomar la oportunidad que nos ofrece el destino de cambiar el rumbo de nuestra tribu al poner un hombre entre nosotras. No podemos seguir sin poder recrear el orden de las cosas, sin un recambio de generaciones. Las muchachas de la aldea necesitan maridos, pero no podemos salir a buscarlos afuera pues estamos rodeadas de enemigos mortales.

Luego se acercó a Nadege y le dijo.

-Tú misma llevas mucho atraso en la procreación. A tu edad yo tenía tres hijos y las mujeres de nuestro pueblo normalmente ya son madres. Lo que te ha ocurrido ha sido para tu bien. También es justo que nos ocupemos de tus dos hermanas Shema y Mutuzo. Lo que es bueno para ti será bueno para ellas.

Al comprender las implicancias Nadege estalló de ira.

-¡No! ¡Aleksander es mi hombre! Yo lo salvé de morirse de frío y por él expuse mi vida.

La chamán se acercó a la joven con aire contemporizador.

-Nadege, debes aceptar las decisiones de nuestra conductora. Tú eres la hermana mayor y la conducción de los destinos de la tribu pasará a tus manos y sobre todo a las del hijo que llevas en tu vientre. Pero nuestro grupo agoniza por falta de la llegada de nuevas generaciones y las muchachas se marchitarán sin un hombre. El destino quiso que por tu intermedio llegara a nuestra aldea un hombre potente y que creemos no nos ocasiona peligro.

La abuela creyó llegado el momento de agregar un argumento adicional.

-Además, el hombre que has traído ha probado ser un luchador importante. Dices que ha matado a tres hutus armados hasta los dientes con sus manos desnudas. Las patrullas hutus se acercan cada vez más y no podremos escondernos para siempre. Debemos estar preparadas para exterminarlos.

Capítulo 3

De pronto el modesto villorrio había adquirido un aspecto solemne. Las veintidós ocupantes se hallaban presentes sentados en el suelo herbáceo formando dos semicírculos en torno a una mesa y dos sillas que habían sido traídas de la choza de la abuela, la única que contaban con algo de mobiliario En las dos sillas estaban sentadas Mukamutara y Muteteli. En el centro del primer semicírculo, aquel más cercano a la mesa estaban sentados Nadege y Aleksander, que eran en realidad los personajes centrales en esta especie de tribunal donde estaba en juego la permanencia del hombre en la aldea; el ruso en realidad no entendía bien lo que estaba pasando y lo atribuía a alguna especie de ritual africano.

La abuela se dirigió a Nadege con voz tonante de modo que todos los murmullos cesaron.

-Nadege, nieta mía, debes contar a los presentes todo lo que ya nos has contado a Muteteli y a mí sobre la forma en que has conocido a tu hombre.

La muchacha se sintió perturbada por tener que exponer sus circunstancias íntimas, pero en verdad estaba rodeada por sus vecinos y familiares directos y en la comunidad no había secretos. Comenzó a hablar en francés, que supuestamente era entendido por todos incluyendo al extranjero.

Se explayó sobre todos los detalles del hallazgo del cuerpo inconsciente del ruso, sus esfuerzos por resucitarlo, el ataque de los hutus y la forma en que fueron muertos por Aleksander, incluyendo detalles macabros que el hombre no hubiera creído fueran de interés para el público femenino. Sin embargo no hizo referencia al hecho de que hubieran mantenido relaciones sexuales sobre un colchón formado por cuerpos de hutus muertos.

A continuación, a pedido de Mukamutara habló Muteteli, pero como no hablaba otro idioma lo hizo en la lengua bantú que se hablaba en la zona. Nadege luego traduciría esa alocución al francés para Aleksander; en ella la chamán afirmó que no presentía amenazas procedentes del hombre, y en cambio sí posibilidades de protección.

Finalmente la abuela dijo que iba a interrogar a Aleksander para conocer datos sobre su vida que serían decisivos para su aceptación en la aldea.

-¿Qué haces para ganarte la vida?

El hombre no vaciló en responder.

-Soy soldado.

-¿Eres un mercenario?

-Sí, supongo que me pueden decir así.

-¿Para quién trabajas?

-He tenido muchos patrones.

-¿Has trabajado para los grupos de milicianos hutus?

-Jamás.

-¿Has matado a muchos hombres?

-Sí.

-¿Porque lo has hecho?

- Eran enemigos que intentaban matarme a mí. Eran ellos o yo.

Con el objeto de enfatizar su pregunta Mukamutara hizo una breve pausa antes de proseguir.

-¿Si fueras aceptado en nuestra aldea matarías a nuestros enemigos?

-¿Quiénes son esos enemigos?

-Milicianos hutus que aún buscan a personas de nuestra etnia para eliminarlas.

-Si duda los mataría. Tal como contó Nadege ya lo he hecho.

-¿Que ves en este grupo de personas que te rodea?

- Mujeres, en su mayoría jóvenes. Solo hay un joven de sexo masculino.

-Entonces, ¿Qué es lo que no ves aquí?

- Ni hombres...ni niños.

La jefa del villorrio sonrió complacida y dijo.

-La razón de que no veas hombres es que fueron masacrados por los hutus hace ya años, cuando yo personalmente escondí a las mujeres en un socavón en la tierra que los milicianos borrachos de alcohol y sangre no encontraron. Y la ausencia de niños es precisamente debida a la falta de hombres.

-Entiendo.

-La falta de hombres nos priva también de la posibilidad de resistir las incursiones de nuestros perseguidores y nos obliga a vivir en la sombra. Allí es donde puedes entrar tú.

-Explíquese.- Pidió el ruso.

-Puedes formar parte de nuestro pueblo y ser nuestro defensor.

Aleksander estaba meditativo y no atinó a responder. Nadege se sumó a la conversación.

-Aleksander, esto que te pedimos ya lo has comenzado a hacer.

-¿Qué quieres decir?

-Ya has matado a los enemigos que querían violarme y luego asesinarme.

Mukamutara decidió apurar las decisiones y exigió al forastero.

-Bien, ¿Aceptas convertirte en custodio de nuestra aldea y sus mujeres?

Aleksander lucía dubitativo pero finalmente balbuceó.

-Sí, acepto.

La matriarca que hasta ese momento había conservado el ceño fruncido en ese momento relajó su postura, con la satisfacción de saber que había obtenido su meta de lograr una protección para su clan. Se puso de pie mientras sostenía un largo plumero en sus manos, objeto que obviamente tenía un significado ceremonial. Se acercó al hombre y colocó el plumero en sus hombros recitando una frase en bantú, de contenido sin duda también ritual. Luego tradujo para el extranjero.

-Has quedado incorporado a nuestro clan en carácter de sirviente, sujeto a mis órdenes que obedecerás sin objeciones cualesquiera sean. Sólo resta que en su momento cumplas la ceremonia de iniciación.

-¿Qué ceremonia es esa?

-Matar a todos los hutus que estén merodeando nuestro poblado. Te aceptamos en nuestro pueblo como matador de hutus y de cualquier otro hombre que represente un peligro para nuestras mujeres.

Luego se dio vuelta y miró al conjunto de personas que estaban presenciando la escena y llamó.

-Hakim, ven aquí.

El único miembro de la aldea de sexo masculino se puso de pie y se acercó con gesto temeroso. Tendría unos dieciocho años y ya el ruso había notado en sus desplazamientos sus modales un tanto afeminados. En efecto, el muchacho lo observaba en silencio de la misma forma que las restantes mujeres jóvenes del poblado, todas las cuales estaban faltas de un marido. Mukamutara lo señaló y dijo al extranjero.

-Hakim está permanentemente controlando la selva en torno a nuestra aldea. Él te advertirá cuando aparezcan hutus que puedan representar un peligro y tu misión será exterminarlos. Una vez que hayas derramado sangre hutu en defensa de toda nuestra comunidad serás parte de la misma. ¿Has entendido?

Aleksander asintió.

-Ahora ven conmigo a mi choza, te daré otras órdenes.

La reunión esta vez fue a solas entre la matriarca y el recién llegado. Aleksander ya había notado el poder absoluto que la mujer tenía en la aldea y que sólo divulgaba lo que deseaba comunicar a las demás pero que retenía para sí decisiones importantes. Dos de las mujeres habían transportado la silla al interior de la choza y Mukamutara se sentó en ella, mientras indicó al ruso sentarse en el suelo, de modo de quedar en un plano superior al de él.

-Además de las órdenes generales tengo para ti otras misiones especiales...-Hizo una pausa para dar énfasis a sus palabras.-...órdenes referidas a aspectos que son tan esenciales para la supervivencia de nuestra pequeña tribu como la protección contra nuestros enemigos.

Nueva pausa, el forastero estaba intrigado, sobre todo porque estas instrucciones eran reservadas y serían ignoradas por el resto de la población. La mujer continuó.

-Ya te expliqué que dada la falta de hombres las mujeres de la aldea agonizan y están perdiendo su etapa reproductiva. En particular me interesan mis tres hijas. Nadege, a quien ya conoces íntimamente.- La matriarca subrayó las palabras para transmitir el mensaje de que estaba al tanto del sexo mantenido con Nadege.

-¿Qué quiere decir?- Preguntó el hombre.

-Necesito asegurar mi descendencia para el gobierno futuro de mi pueblo a través de personas de mi linaje. Mi pueblo es un matriarcado y el gobierno se transfiere por vía femenina de modo que Hakim queda excluido y mis posibilidades de elección es entre mis nietas mujeres, Nadege, Shema y Mutuzo.

Aleksander estaba un tanto desconcertado por esta introducción dinástica.

-¿Cómo eso me concierne a mí?

- Te he elegido para asegurar que mis tres nietas tengan descendencia abundante. Tú serás el marido que ellas necesitan.

-¿De las tres?

-Sí.

-¿Ellas van a aceptar la situación?

-Siempre ha habido poligamia en nuestra tribu. Es posible que ellas, sobre todo Nadege, quieran exclusividad sobre ti pero me obedecerán lo mismo que tú. Necesitamos repoblar nuestra aldea, llenarla de niños y estando rodeados de enemigos no podemos confiar en otros hombres. Será tu tarea, que por lo demás ya la has comenzado.

-¿Que quiere decir?

-Ya has preñado a Nadege.

-¿Cómo pueden saberlo, si hace sólo...?

-Las mujeres de mi familia tenemos una sensibilidad especial para estas cosas, y ya ha sido confirmado por Muteteli.

Aleksander estaba aún más confundido; todos los conocimientos y códigos de su vida anterior parecían esfumarse en este ambiente cargado de magia y misterio.

La matriarca siguió hablando.

-Debes concentrarte en mis nietas pero no me cabe duda de que otras muchachas necesitadas de sexo se acercarán a ti. Procederás con ellas con discreción, sin escándalos. Lo mismo te pido con relación a Hakim, el también languidece sin un hombre y también quiero su felicidad.

"De modo que debo ser el proveedor de sexo de la aldea."El pensamiento de Aleksander quedó sin expresarse en palabras.

-Una última cosa.- Dijo Mukamutara.

-¿Qué cosa?

-Yo también soy mujer.- La matriarca se levantó de la silla y le dijo en voz baja.

-Sígueme a mi dormitorio.

Capítulo 4

Aleksander Kuznetsov había nacido treinta y ocho años antes en un pueblo rural ruso, en una familia muy humilde que pronto no estuvo en condiciones de mantenerlo por lo que decidió unirse al ejército ruso.

Luchó en varios frentes y recibió varias heridas de modo que al tener oportunidad de desvincularse sin desertar dejó la organización armada oficial y se unió a una empresa privada gerenciada por ex militares rusos que proporcionaba hombres con conocimientos militares a clientes del Tercer Mundo envueltos en luchas internas.

Por desavenencias con sus superiores finalmente comenzó su carrera como mercenario independiente y terminó en África más precisamente en las provincias de Kivu Norte y Kivu Sur, en la república Democrática del Congo, cuidando los intereses de traficantes de coltán y otros minerales que expoliaban a miserables mineros y luchaban entre sí por el control de amplias zonas de producción.

El ruso era un hombre alto, rubio y muy fuerte y tenía gran aceptación entre las mujeres dondequiera que fuese. Por su parte poseía un enorme apetito sexual y ya había establecido una fuerte preferencia por las mujeres africanas, de instintos salvajes y pasión inextinguible.

Al recibir la noticia que lo convertía en el amante oficial de tres jóvenes vírgenes que tenían la mitad de su edad y relativa libertad para gozar con exclusividad de las restantes mujeres de la villa a su arbitrio, el aspecto sexual quedaba colmado, y no se detuvo a pensar en la contrapartida que se le exigiría.

Con respecto a la preñez de Nadege, a pesar de cierto escepticismo sobre la intuición de la muchacha, la noticia no lo sorprendía mucho; en efecto conocía la fertilidad de las mujeres africanas y ya le había acontecido antes con frecuencia recibir noticias sobre su paternidad. No le producían cargos de conciencia y en realidad le halagaban como evidencia de su vigor viril.

Hasta ese momento no había habido variaciones en las actividades de Aleksander. Trabajaba en las tareas manuales que se le requerían en la aldea y compartía la comida comunal con las mujeres; de noche dormía con Nadege quien quizá por la perspectiva de tener que compartirlo luego lo agobiaba con sus demandas de sexo.

Una noche Mukamutara lo hizo permanecer a su lado y el hombre debió esforzarse para lograr que su jefa lograra plena satisfacción. Estaba saliendo del dormitorio de la choza de la matriarca cuando llegó Hakim bastante agitado.

-Hay tres hutus armados en la orilla del arroyo. Se hallan a corta distancia de la aldea. Están borrachos y disparan al aire.-Expresó el joven.

La mujer salió de la habitación alisándose los vestidos; sin duda evidenciar que a su edad había tenido sexo esa noche no la avergonzaba sino más bien lo contrario.

-Bien.- Dijo.-Esta es la ocasión de probar tu utilidad para nuestra comunidad. Debes ir con Hakim y traer a esos hutus vivos o muertos.

Era ya tarde cuando Aleksander y Hakim llegaron al sitio donde el joven había visto a los enemigos. Al aproximarse ambos se arrastraron por la hierba bajo la cobertura de la fronda y en total sigilo; el ruso era experto en emboscadas y sabía qué hacer.

Hakim apartó unas ramas y mostró a su acompañante.

-Allí los tienes.

Efectivamente tres hombres en uniformes mugrientos de milicianos se hallaban en un claro del bosque en torno a un fuego donde habían calentado algo de comida. Hablaban a los gritos y era obvio que estaban borrachos.

-No creo que tomen alguna precaución cuando se pongan a dormir, tal como dejar a alguno de guardia, y si lo hacen se quedará dormido. Están fuera de control.

El ruso y su acompañante se quedaron a esperar que sus presas estuvieran a su merced sentados en su escondite. La mente de Aleksander comenzó a repasar la noche pasada con Mukamutara y al recordar sus muslos gruesos y sus senos abundantes comenzó a darse cuenta que la matriarca había creado excitación en él, inesperada en una mujer de alrededor de setenta años. Las posturas provocativas de la negra volvían a su mente y de pronto comprobó que tenía una gran erección a pesar de la actividad nocturna con la dama. Intentó esconder el estado de excitación pero pronto notó que los ojos de Hakim estaban clavados en su entrepierna. No tenía dudas que el joven gustaba de los hombres y que él lo había impactado fuertemente. Recordó que Mukamutara le había consignado expresamente hacerse cargo de su nieto y a pesar de lo inadecuado de la situación en el bosque sintió un impulso irrefrenable y decidió poner en práctica lo prometido a la matriarca a la vez que buscar su propio alivio. Abrió el cierre de su pantalón dejando al pene salir afuera. Hakim mostraba signos de nerviosismo pero evidentemente estaba confuso. Aleksander decidió tomar la iniciativa y tomando la cabeza del muchacho por detrás la acercó al miembro.

-Abre la boca.- Ordenó.

A pesar de la obvia inexperiencia del joven el estado de necesidad del ruso era tan grande que no tardó en eyacular y Hakim obtuvo una deseada iniciación en el sexo oral. Como iba a retirar su boca el hombre la sostuvo en su posición diciendo.

-Espera. Aún hay más.

Una vez terminado el rito Aleksander, ya aliviado, volvió a mirar a los tres hutus, comprobando que todos estaban dormidos, incluyendo uno que había quedado de centinela. El ruso se incorporó y sacó unas cuerdas de su mochila.

-¿Que vas a hacer? ¿No los vas a matar?- Su tono tenía algo de apremio.

-No, los llevaré prisioneros a la aldea y se los entregaré a tu abuela. Ven ayúdame a atarlos.

Los niños que estaban jugando alrededor de la huerta fueron los primeros en verlos. Toda la aldea se congregó para ver el espectáculo del alto hombre blanco arrastrando a los tres desgreñados soldados hutus atados de manos y entre sí por el cuello hasta el área en el centro del villorrio. Las mujeres festejaban y gritaban salvajemente llenando de terror a los prisioneros. Finalmente la matriarca apareció en la puerta de su choza y se acercó al guerrero blanco.

-Bien. Has cumplido con tu parte.- Extendiéndole un machete le preguntó.- ¿Quieres matarlos tú?

-No mato mujeres, niños ni hombres indefensos.

Mukamutara entregó el machete a una de las mujeres indicándole.

-Llévenlos al arroyo y mátenlos allí.

Acto seguido tomó a Aleksander de la mano y lo guió hasta su choza entrando directamente en ella.

-Ve a lavarte. Estás cubierto de tierra y luego únete conmigo.

Cuando el ruso entró en la cabaña vio que la matriarca estaba esperándolo acostada en la cama con sus piernas flexionadas y las plantas de los pies apoyadas en el lecho.

-Hoy has ganado el derecho de convertirte en mi amante.- Dicho esto se levantó la falda del vestido dejando al aire las piernas y los rollizos muslos que tanto excitaban al hombre. Le hizo un gesto indicando que se aproximara.

Aleksander tuvo un impulso imparable y arrodillándose en la cama metió su cabeza entre las piernas de la mujer, quien la apretó con sus muslos por un momento, luego aflojó la presión abriéndolas y evidenciando que no llevaba ropa interior.

El hombre hundió su rostro en el abismo oscuro entre los muslos, pronto su boca tomó contacto con la vulva y la única señal audible fue el gorgoteo de su lengua al absorber los fluidos que emanaban de la vagina y que se mezclaban con su saliva. Al cabo de unos instantes la mujer comenzó a hamacarse en el lecho sintiendo la creciente excitación. El movimiento de sus piernas y el ritmo de su cadera se hicieron más intensos al aproximarse el orgasmo. Finalmente tomó la cabeza del esforzado ruso entre sus mano apretándola contra su sexo mientras un vigoroso chorro de flujo entraba en la boca de él y se deslizaba por su garganta obligándolo a tragar rápidamente para no asfixiarse.

Ambos quedaron exhaustos con la cabeza de Aleksander reposando sobre sus piernas desnudas.

Un grito lejano procedente del arroyo marcó el momento en que uno de los hutus era muerto a machetazos; luego siguió el silencio.

Ambos amantes habían sin duda experimentado la mayor excitación de sus vidas y no estaban dispuestos a renunciar a ese estado. A pesar del fuerte orgasmo Mukamutara tenía aún un estado de calentura muy alto de modo que cuando el hombre introdujo nuevamente su rostro en su sexo ella recomenzó la danza de sus caderas.

Esa tarde comprobaron que en realidad una mujer puede experimentar orgasmos a repetición mientras la excitación se mantenga.

Cuando Nadege y sus hermanas se asomaron a la puerta de la habitación para ver porque su abuela no aparecía vieron a los dos amantes en plena acción por enésima vez. La matriarca las vio a su vez y esto le dio un placer extra; ya toda la aldea sabría que aunque estuviera dispuesta a compartirlo el hombre codiciado por todas las muchachas era de su propiedad. Esta propiedad no estaba sólo garantizada por su rol de jefa de la aldea sino por la dependencia de su cuerpo que había creado en el ruso.

Cuando Aleksander se despertó la mujer le dijo.

-Ahora irás a fertilizar a mis nietas y a todas las muchachas que te apetezcan durante el día, pero tus noches son mías. Tú beberás del néctar que fluye de mí y cuyo gusto ya has probado.

Capítulo 5

Para permanecer con las muchachas habían otorgado a Aleksander una choza que había estado abandonada y fue velozmente restaurada y limpiada por las mujeres. En efecto, aunque las jóvenes vivían en distintas chozas no tenían en ellas las condiciones de privacidad necesarias. La cabaña era de las más pequeñas pero su uso estaba restringido a parte del día.

La primera que ingresó en la vivienda de la mano del ruso fue Shema, la segunda de las nietas de Mukamutara en edad después de Nadege, quien rondaba los dieciocho años. La unión con Shema fue un acontecimiento festivo desde el primer momento. La joven había estado esperando su turno desde la llegada de su hermana con el extranjero y decidió experimentar todos los placeres del sexo que durante tanto tiempo le habían sido negados, algo sensible para una mujer de su edad, y particularmente una mujer africana.

El pesado cuerpo del ruso oscilando hacia adelante y hacia atrás mientras la penetraba la hacía gemir permanentemente, a veces en forma tan ostensible que el hombre paraba para confirmar que todo estaba bien. La piel de la muchacha era suave y estaba perfumada con esencias vegetales que sus amigas le fregaban y que se evaporaban por el calor de ambos cuerpos frotándose entre sí.

En un momento el rostro de Nadege apareció en la puerta y Aleksander temió que una escena de celos se produjese, pero nada de eso ocurrió. La muchacha desapareció de inmediato. Hablando más tarde con Shema y consultándole sobre el tema de los celos el hombre aprendió que ya ninguna de las jóvenes podía aspirar a tener derechos sobre él desde el momento en que Mukamutara había dejado bien claro que Aleksander era de su propiedad, aventando todo conato de riña entre las muchachas de la aldea. Sólo les cabía aprovechar el contacto con el hombre durante el tiempo que les tocase y esperar que quedaran preñadas como consecuencia de tal contacto. La concepción de hijos es otra expectativa irrenunciable de las africanas, hecho sin el cual no pueden considerarse mujeres completas.

Cuando terminó con Shema, Aleksander fue directamente a la choza de la matriarca, y sólo entonces se percató de lo apurado que estaba para reunirse con ella y gozar de los atributos de la rolliza mujer. No había rincón del cuerpo de Mukamutara ni de sus aberturas que el hombre no conociera al dedillo.

Cuando le tocó el turno a Mutuzo, la menor de las hermanas de Nadege Aleksander pensó, no sin cierto remordimiento.

"Diantres, ¡Qué joven es!"

El sentido de culpa fue rápidamente tapado por la perspectiva de gozo del joven cuerpo y el pensamiento de que de acuerdo con los códigos africanos, a esa edad las muchachas habrían de casarse con hombres mucho mayores y menos atractivos que el ruso.

La joven era sumamente tímida y había estado expuesta a muy pocos contactos con hombres de modo que exhibía una notable vergüenza por estar a solas con Aleksander y más aún por la pretensión de éste de verla desnuda. El ruso había tenido ya antes experiencias similares y procedió con calma y gentileza. Acarició la cabeza de la muchacha, luego sus mejillas logrando que por fin ella lo mirara en sus ojos. Luego tomó suavemente la cabeza de la joven por detrás y acercó los labios de ambos en un beso prolongado. Mutuzo suspiró y el hombre supo que estaba a un paso de lograr su objetivo. Deslizó sus manos por los hombros haciendo caer la parte superior del atuendo. Los pequeños pechos quedaron al descubierto mientras Mutuzo se sonrojaba. Aleksander aproximó sus labios y los besó, succionándolos luego mientras la mujer emitía gemidos felinos en voz baja.

Al descender besó el vientre plano de la joven y luego abrió completamente el vestido. Se sorprendió que la recatada mujer no llevara ropa interior. Paseó su rostro por el diminuto Monte de Venus y las piernas de ella se abrieron exponiendo su tesoro. El hombre hundió su rostro en la vulva y comenzó un vigoroso sexo oral mientras las caderas de la joven se estremecían y sus muslos rodeaban la cabeza de él. El clímax no tardó en llegar y Mutuzo exhaló un penetrante grito.

Aleksander Kuznetsov no había tenido suerte en la vida hasta que apareció desvanecido en el arroyo próximo a la aldea y había sido hallado por Nadege. De ahí en más su fortuna había cambiado radicalmente. No podía quejarse, su estancia en la villa era regalada en comparación con los duros esfuerzos y peligros de su anterior etapa como soldado de fortuna. Le habían encomendado la tarea de proteger y engendrar descendencia en un villorrio aislado habitado sólo por mujeres, la mayoría jóvenes doncellas. El aislamiento del poblado lo había mantenido libre de enfermedades de transmisión sexual, endémicas en África, de modo que podía tener relaciones con todas las mujeres que quisiera sin riesgos. Además, su aspecto enamoraba a las africanas con facilidad de modo que las seducía una tras otra, sin remordimientos ya que para él sólo se trataba de voltear muñecas sin tomar compromisos. Nunca pensó en lo que la situación podría durar y cumplía su tarea con buena conciencia ya que la misma matriarca había encargado y alentado sus acciones.

Estaba sentado en la orilla del arroyo en un sitio donde una pequeña barranca bordeaba la parte más profunda del curso de agua. Había hundido sus pies en el frío líquido y su mente vagaba errante. De pronto tuvo la percepción intuitiva de que no estaba sólo. Miró de reojo hacia un costado y vio que un par de largas piernas renegridas y delgadas se hallaban a poca distancia de su espalda. No giró su cabeza para constatar de quien se trataba. Una muchacha joven y delgada llamada Raissa lo había estado mirando fijamente en la aldea y las piernas eran de ella. La mujer había llegado en forma silenciosa y se había situado a sus espaldas; se había levantado el vestido y lo sostenía con sus manos para dejar sus atractivas piernas al desnudo y excitar al hombre.

Aleksander sonrió; el atrevimiento de la joven para llegar a él e imponerle su presencia y su deseo le halagó.

Sin darse vuelta levantó su brazo izquierdo y lo introdujo entre las piernas de la muchacha; ella separó un poco las mismas para permitir a sus manos un fácil ascenso. Cuando llegó a la entrepierna la joven comenzó a emitir los gemidos que el hombre esperaba. Súbitamente la joven tomó la iniciativa y pasó la pierna derecha sobre el cuello del ruso, sentándose sobre sus hombros. Allí comenzó a frotar su sexo desnudo sobre la parte posterior del cuello en forma cada vez más frenética.

Cuando las aldeanas vieron aparecer a Aleksander con el torso desnudo cargando en sus hombros a Raissa, con las piernas renegridas de la mujer colgando sobre el pecho blanco y velludo del ruso la sorpresa duró poco.

-¡Vaya!-Dijo Nadege a sus hermanas.- Parece que Raissa finalmente consiguió lo que estaba buscando.

Capítulo 6

Dos años más tarde

Mukamutara se levantó del lecho donde Aleksander aún dormía; en efecto, las noches con la matriarca en las que permanecía expuesto a sus exigencias cada vez más mayores y difíciles de satisfacer lo dejaban extenuado.

Antes de desayunar la mujer se asomó a la puerta y miró la zona central del villorrio, bordeado por las chozas; el sol ya calentaba la aldea y la actividad era notable. Mukamutara sonrió, después de largos años de decadencia del clan los niños habían reaparecido y jugaban sobre la hierba. Nadege y Mutuzo habían dado a luz sendos varones y Shema a una niña. Las tres estaban orgullosas de sus críos que habían heredado en parte las fuertes características étnicas del padre, con un color de piel más claro que sus madres, cabellos rizados con un tinte rojizo y el niño de Nadege tenía ojos azules. La matriarca siempre había fantaseado con los hombres blancos y sus sueños se veían ahora cumplidos. Miró pasar a Raissa con su vientre abultado por el parto inminente y al observar a las demás aldeana siempre veía una o más caminando erguidas exhibiendo orgullosas preñeces más recientes. El hombre que había incorporado a la aldea estaba cumpliendo el cometido que la jefa le había encomendado.

Como los milicianos hutus se habían alejado mucho de la zona perseguidos por el ejército ruandés, y habían escapado a la convulsionada zona oriental de la República Democrática del Congo, la tarea que le había impuesto a Aleksander de combatir los peligros era ahora innecesaria, por lo que el hombre se dedicaba a perseguir muchachas y...sobre todo, a mantener a su jefa satisfecha.

También el aislamiento total del pueblo había terminado y cada tanto aparecían personas enviadas por el gobierno de Ruanda a hacer censos en las zonas remotas y recabar necesidades. Aleksander era el contacto con los agentes del estado y además se encargaba de mantener alejados a aventureros y vagos que habían empezado a pulular por los bosques.

Súbitamente Mukamutara recordó que en esos días la aldea sería visitada por una profesional de la organización Médicos sin Fronteras; por lo que le habían adelantado se trataba de una médica africana, lo que la tranquilizaba ya que no tendría hombres rondando por el poblado.

Sin embargo Mukamutara tenía una preocupación de más largo plazo. Como era una aldeana bastante culta e inquieta, conocía los peligros de tener una población pequeña cuyos miembros comparten los mismos genes. Si en un caso extremo todas las criaturas que naciesen en el pueblo fueran hijas de Aleksander habría problemas de degeneración genética de modo que había que diversificar el coctel de cromosomas por la rama paterna de los niños. Oportunamente hablaría al respecto con Alec- como ya lo llamaban en la aldea. Además la tribu estaba creciendo numéricamente por el arribo de nuevas mujeres jóvenes que se hallaban a la deriva en los bosques tratando de huir de los peligros; de ellas sólo eran admitidas las que no portaran enfermedades transmisibles y fueran de etnia tutsi. De esa manera Mukamutara conseguía aumentar su poder manteniendo la homogeneidad de la tribu. Pero el hecho es que el ruso no podía hacerse cargo de una población que había aumentado al doble, y la matriarca lo quería para sí y estaba cada vez menos dispuesta a compartirlo, de modo que buscar nuevos hombres aptos era una prioridad.

La segunda preocupación era dar albergo y trabajo a esas recién llegadas, y con la ayuda de personas de aldeas vecinas estaban construyendo nuevas cabañas para alojarlas. La aldea ya no estaba oculta, tenía tratos con los poblados cercanos y había llamado la atención del gobierno de Ruanda, que estaba construyendo un pequeño edificio de mampostería y concreto para un puesto sanitario que serviría a la región y que recibiría a la ya mencionada médica en sus estadías periódicas.

La matriarca suspiró preguntándose cuanto tiempo podría conservar el control de la aldea frente a ese desarrollo. Tenía suficiente sabiduría para darse cuenta que no debía oponerse al devenir de los acontecimientos sino adaptarse a él.

Estaba concluyendo sus meditaciones cuando pasó una muchacha joven frente a su puerta.

"¿La hermana de Raissa también está embarazada? Alec no me contó nada sobre eso."

Afortunadamente había parado la lluvia torrencial que los acompañaba desde Kigali. Miriam Kumalo estaba semiadormecida cuando oyó la voz del conductor del vehículo todoterreno que le hablaba en su defectuoso inglés.

-Doctora. Hemos llegado.

La mujer sorprendida miró en derredor.

-¿Llegamos? ¿Dónde está el poblado?

-Allá. Detrás de esa cortina de árboles.

Miriam no se extrañó demasiado pues ya le habían prevenido que por razones de seguridad la aldea había permanecido oculta hasta un año antes.

Al acercarse desde el principio se percató de las diferencias entre este villorrio y las innumerables aldeas del África Central que había recorrido antes. Para comenzar el bosque nativo que la rodeaba estaba intacto y no devastado por las talas para extraer madera y carbón y cultivar hasta agotar la tierra bajo él. El trazado de la calle era adecuado y la chozas, aunque modestas lucían prolijas; no había basura de ningún tipo acumulada en la calle o en torno a las viviendas; el espectáculo habitual de perros famélicos, cerdos y otros animales deambulando por el poblado no existía, y más tarde Miriam se enteraría que tanto el huerto como los chiqueros y corrales se hallaban tras otra arboleda, separados del pueblo por unos doscientos pasos.

Tal como esperaba no se veían hombres por el vecindario, ya que como le habían explicado habían sido masacrados en las guerras étnicas del pasado. Las escasas mujeres con que se cruzaba no eran los espectros destruidos por la violencia de género, la subalimentación y las enfermedades prevenibles que estaba acostumbrada a ver. Pero lo más llamativo fueron los niños, o más bien su falta o escasez. En los pueblos que conocía, en los que cada mujer daba a luz en promedio a siete hijos de los que no podía hacerse cargo por ausencia de un hombre u otro soporte a su lado, los niños flacos y con aspecto ausente eran parte del paisaje. Aquí Miriam sólo alcanzó a ver tres, de no más de un par de años cada uno, jugando solos o acompañados frente a las chozas. Era como si una generación entera de niños estuviera ausente. Por lo demás, otro dato curioso era que los tres infantes tenían la piel y el cabello más claro que el resto de la población.

"Esta es otra África diferente de que la que yo conozco." Pensó.

Un llamado del conductor del vehículo la sacó de su abstracción.

-Debe conocer a la señora Mukamutara, la jefa del poblado y nuestra referente aquí. -Dijo el hombre.

Miriam se dirigió a ella con la intención de indagar como lograba lo que tenía a la vista. La matriarca tenía un aspecto digno e imponente.

Mukamutara, acompañada de un delegado del gobierno que estaba en la aldea para ese evento, se aprestaba a dar la bienvenida a la primer médica que llegaba al sitio. Al ver a la espléndida mujer negra con atuendo occidental supo que a la vez que una ayuda había arribado una rival.

Capítulo 7

Miriam se había instalado el día anterior en la sala de primeros auxilios construida en el villorrio por el gobierno ruandés. Todo estaba nuevo y resultaba relativamente confortable; en la parte trasera tenía un dormitorio para el profesional residente y las instalaciones sanitarias.

Una de las muchachas le había traído un censo de la reducida población y mientras el conductor del todoterreno - que era también enfermero- entrevistaba a la gente para hacer un calendario de vacunación y ocuparse de otros propósitos, la médica había comenzado a revisar a las mujeres comenzando con las madres con sus hijos pequeños y siguiendo con las embarazadas. Confirmó la presunción original que el estado sanitario era bueno y que no había epidemias ni pandemias que atender.

Guiada por la curiosidad femenina había preguntado a Nandege, la primera mujer con su hijo que se presentó, datos del niño y como al pasar le consultó por el nombre del padre, algo que no era estrictamente pertinente.

-El padre es Alec.- Contestó la joven, de modo que Miriam se preguntó si sería un misionero que hubiera pasado por allí y seguido de largo, ya que no había hombres a la vista.

La intriga fue en aumento cuando consultadas las siguientes madres, de nombres Shema y Mutuzo, dieron el mismo nombre del padre y aún más cuando las embarazadas que las siguieron imputaron la paternidad al mismo hombre. Finalmente la médica desistió de su pregunta, convencida que las muchachas le entendían alguna otra cosa que no conseguía precisar, algo así como una deidad tribal que fuera el gran padre de todos.

Al mediodía vio pasar frente a la puerta abierta de la sala de primeros auxilios a un hombre blanco de gran estatura, quien entró en la choza que la médica sabía era la vivienda de la matriarca de la aldea. Al cabo de un rato Mukamutara emergió de su vivienda acompañada ʼpor el hombre y muy a su pesar Miriam sintió al verlo que su corazón se aceleraba. De repente una intuición la asaltó. ¿Sería este el famoso Alec? ¿Existiría en realidad el personaje?

La matriarca entró en la sala que en ese momento estaba sin pacientes y dirigiéndose a la visitante dijo.

-Le presento a Alec. Como quizás ya sepa es, junto a un nieto mío, el único hombre en la aldea.

Miriam no pudo resistir y miró fijamente al hombre. Su elevada talla, su físico de gran desarrollo, sus cabellos rubios y sus ojos claros, todo le recordaba a Piet van Horn, pero más maduro.

El hombre se acercó y con un pesado acento eslavo se presentó extendiendo su mano.

-Mucho gusto. Soy Aleksander Kuznetsov.

De modo que Alec era realmente un hombre, y no un ente mítico como la imaginación fértil de la médica había supuesto. Tomó la mano que se le ofrecía y la estrechó con firmeza.

-Mucho gusto. Miriam Kumalo.

El hombre reflexionó un instante.

-¿Kumalo? ¿Es un apellido zulú?

-Efectivamente, soy sudafricana.

-¿De qué zona?

-Nací en una aldea cerca de Bloemfontein, pero ahora vivo en Johannesburgo. -El tono de la mujer denotaba un dejo de orgullo étnico que el tal Alec percibió.- ¿Conoce mi país?

-He estado muchas veces. Tengo...colegas sudafricanos.

La mente ágil de Miriam no cesaba de tejer hipótesis, muestra de que Alec la había impactado. La mención a los "colegas" sudafricanos y el aspecto militar del hombre la indujeron a pensar.

"¿Estaré frente a un mercenario?"

La mujer se preguntó luego su interés por el hombre se perdería si ese fuera el caso, y la inesperada respuesta fue que no.

Mukamutara, quien seguí la escena y la corta conversación con desconfianza y un toque de celos decidió ponerle fin.

-Bien doctora, tanto Alec como yo estamos a su disposición. Si necesita algo que esté a nuestro alcance sólo tiene que pedirlo.- Luego aferró al hombre de su brazo y lo arrastró consigo hacia afuera de la sala dirigiéndose a su choza.

"Evidentemente no es sólo la jefa de la aldea sino la propietaria del tal Alec." pensó la mujer zulú con un dejo de reto. En el fondo sabía que cuando se presentara la oportunidad desafiaría esa propiedad. Su mente volvió a un recuerdo que había quedado grabado en su mente cubierto por capas de polvo del tiempo pero no olvidado. En su primera juventud Miriam Kumalo y Piet van Horn habían estado profundamente enamorados, pero luego la sociedad sudafricana que estaba recién saliendo del apartheid y la oposición de las dos familias abortó ese romance. Había sido particularmente decisiva la voluntad del padre de Miriam, un importante jefe tribal, que deseaba para su hija mayor un marido de pura etnia zulú y ya había apuntado a un hombre bastante mayor de elevada posición en la tribu. Finalmente la oposición de la muchacha y su fuerza de voluntad habían hecho naufragar el proyecto paterno y desde entonces siempre había sido una mujer libre y tomado sus propia decisiones, entre ellas abandonar la aldea natal y estudiar medicina en Johannesburgo. Sin embargo el recuerdo de Piet había quedado como una herida sin cicatrizar y la mujer sabía que el tiempo le otorgaría la revancha.

Antes de que entrara la próxima paciente Miriam se puso de pie y se asomó a la puerta de la sala. La mujer se conocía profundamente y sabía que la decisión de desafiar a la jefa de la aldea y arrebatarle a su hombre ya estaba tomada. Su sangre zulú la compelía a tomar lo que deseaba. La mirada y el apretón de manos de Alec la habían convencido de que era una posesión que habría de obtener. En el medio habría un enfrentamiento con la otra personalidad fuerte que hasta ese momento había encontrado en la aldea, la jefa Mukamutara.

Cuando entraron en la choza la matriarca guió a Alec directamente al dormitorio y a la cama. Una vez en ella se abalanzó frotándose sobre él en la forma que ya sabía era irresistible para el hombre.

Mukamutara había percibido el reto implícito de la zulú e iba a jugar sus cartas con fuerza y decisión, pero en el fondo se preguntaba si esta vez serían suficientes.

Mientras satisfacía a su protectora y dueña Alec no podía sacar de su mente la imagen de la mujer que había conocido y en realidad no fue con Mukamutara con quien tuvo sexo esa mañana.

También Miriam quedó pensando en lo ocurrido. Se preguntó a sí misma si la evolución que conducía del granjero bóer Piet van Horn pasando por el supuesto misionero inglés Alec al mercenario ruso Aleksander Kuznetsov no era en realidad una involución, pero sus hormonas le informaron que no cedería en su proyecto.

Dos semanas habían transcurrido desde la llegada de Miriam Kumalo a la aldea, y el estado sanitario de la zona había sido relevado.

Aleksander debía ir a Kigali, capital de Ruanda para conseguir una serie de elementos y materiales de construcción que el gobierno central se había comprometido a enviar al poblado y ya Mukamutara había arreglado con el conductor del vehículo que había arribado con la médica que llevaría al hombre a la capital mientras efectuaba otras gestiones propias de su propias funciones.

Alec había cargado sus pertenencias en el vehículo todoterreno y se estaba despidiendo de la matriarca y sus hijas cuando de pronto Miriam

Kumalo surgió de la sala con su maleta y sus restantes pertenencias e informó a los presentes.

-Yo he terminado con esta primera etapa. Voy a regresar a Kigali para organizar una campaña de vacunación en la zona y contratar a un enfermero que residirá permanentemente en la región.

Acto seguido introdujo su maleta en el baúl del automóvil y se sentó en el asiento del acompañante.

Al enterarse de la jugarreta Mukamutara tuvo un acceso de furia pero debió controlarse porque carecía de autoridad sobre la médica y su misión. De esta forma Miriam Kumalo, Alec y el conductor salieron de la aldea en su largo viaje a Kigali.

Aunque lo dicho por la médica sobre el cumplimiento del objetivo de esa etapa en la aldea era verdad, había ocultado su decisión hasta último momento para evitar que Mukamutara pudiera tomar medidas que frustraran sus planes.

Capítulo 8
Kigali

Como si se hubieran puesto de acuerdo previamente Miriam y Alec hablaron relativamente poco en el viaje. La razón es que a pesar de que ambos eran conscientes de la atracción mutua, no habían tenido hasta entonces la oportunidad de fijar ciertos códigos de la relación entre ambos. Por ello la conversación durante el trayecto siguió canales formales y sin familiaridad.

El conductor los dejó frente al hotel en el que se iban a alojar y convinieron en que pasaría a buscarlos al día siguiente a media mañana, de modo de dejarles tiempo para recuperarse del viaje.

Consiguieron habitaciones enfrentadas en el segundo piso, sin duda por la complicidad del conserje, ya fuera que Miriam hubiera hablado con él antes o no para solicitarle ese detalle.

Alec subió el equipaje propio y el de la mujer por el ascensor; al despedirse frente a las puertas de los respectivos cuartos convinieron encontrarse para cenar.

-¿A las siete horas está bien?- Preguntó la mujer.

-Creo que sí. Tengo que hacer varias cosas pero supongo que me dará tiempo.

-Voy a vestirme en forma casual.-Añadió ella.

-De acuerdo.- El hombre ocultó que en realidad no tenía alternativas, dado que su atuendo era harto limitado.

Miriam se duchó e hizo varias llamadas con el área del gobierno de Ruanda que la había contratado para desempeñarse por ese período limitado en la aldea y fue invitada a reunirse en ese mismo día con el funcionario del área a almorzar, con el fin de ponerlo al tanto de las actividades.

-Me han llegado excelentes referencias de su labor allí.- Dijo el secretario de Acción Social.- Espero que podamos seguir contando con su colaboración en el futuro.

-De momento debo analizar mis próximos pasos, y lo mantendré al tanto.- Miriam no deseaba tomar compromisos fijos antes de aclarar ciertas cosas en su vida privada; aunque no quería reconocérselo a sí misma lo cierto que la decisión dependía no sólo de su propio deseo sino que de alguna forma involucraba a Alec y de la forma en que la relación con él evolucionara, ya fuera de la manera que la mujer había diseñado en su mente o no.

Cuando se reunieron con el funcionario en torno a una elegante mesa en el mismo ministerio la charla giró sobre la orquestación de una campaña de vacunación contra varias enfermedades que amenazaban entrar desde la República Democrático del Congo a través de los numerosos viajeros que entraban sin cesar de un país a otro sin controles migratorios y mucho menos sanitarios. El siguiente tema era la selección de un enfermero que se debía radicar en forma permanente en el villorrio.

-Construiremos una vivienda para dejar disponible la sala de primeros auxilios para la atención de pacientes. Me alienta el buen estado en que usted encontró a las habitantes de la aldea.

-Sí, pero en la sala se atenderán personas de otras aldeas vecinas cuya situación puede ser distinta.

Miriam había quedado encariñada con las personas que había encontrado en el poblado durante esas semanas e intentaba obtener la máxima cantidad de recursos.

-Me gustaría que usted pudiera efectuar visitas periódicas a la zona.- Insistió el secretario.

-Como le dije, depende de ciertas decisiones que debo tomar sobre mi vida personal. Ya no soy una niña y debo planificar mi futuro.

Por su parte Alec llamó telefónicamente a un viejo camarada en Johannesburgo con quien había estado en contacto durante toda su actividad en África. Detrás de la fachada de un negocio de exportación e importación de textiles Dirk van der Velde administraba en realidad un centro de reclutamiento de mercenarios que desarrollaban sus actividades en todo el continente y al que acudían los hombres cuando necesitaban trabajo, en realidad una especie de agencia de colocaciones. La relación con Alec era antigua y había auténtica amistad entre ambos hombres. Luego de las salutaciones habituales el ruso fue directo al grano. Explicó sus actividades recientes en Ruanda.

-Lo que me cuentas suena muy bien.- Dijo Dirk.- Parece que has finalmente logrado un cargo con estabilidad y relativamente libre de peligros.

-Pero que al momento ha rebasado mis posibilidades físicas. Estoy necesitando un colega para actuar a mi servicio. ¿Tienes a alguien en Ruanda o en las cercanías que esté buscando colocación?

El sudafricano meditó unos instantes.

-Tu compatriota Anatoly Vasiliev está ahora inactivo en Kivu.

-¡El buen Tolya! Ciertamente me sentiría cómodo con él.

-Debes saber que ha sido herido y tiene algunas limitaciones físicas, al menos por el momento. Además lo debes mantener alejado de la botella.

-Me gustaría hablar con él de todos modos. La zona está bastante pacificada, y la tarea más violenta será mantener alejados a vagos del pueblo de mujeres de que te hablé. ¿Tienes a alguien más en mente?

-Está Hanspeter Berghorst en algún sitio en Burundi. Hasta dónde se también ha sido herido y le ha costado trabajo obtener un trabajo permanente.

-Es un alemán con mucha experiencia, lo conozco. Oye Dirk, mándame a mi correo electrónico la forma de contactar a ambos.

-Lo haré.

La charla prosiguió durante un buen rato. Antes de cortar la comunicación Alec verbalizó un pensamiento que había estado rondando su cabeza durante el día.

-Finalmente Dirk, si yo desear ir a radicarme en Johannesburgo. ¿Tendrías algo para mí?

Nuevamente el sudafricano pensó un instante, cuando respondió su voz denotaba una cierta excitación.

-De hecho sí. El negocio ha crecido en forma rápida y estoy tapado por cuestiones administrativas, financieras y de relaciones públicas. Necesito a alguien en quien pueda delegar las funciones de reclutamiento y entrenamiento, y en verdad tú tienes mi total confianza. Si vienes a Jo´burg venme a ver y sin duda podremos llegar a un acuerdo.

La charla duró poco más y cuando colgó Alec sintió que había abierto algunas opciones que le podrían servir en el futuro.

Cuando Miriam regresó al hotel y subió a su piso vio que una muchacha joven de piel renegrida estaba saliendo de una de las habitaciones. Sus ropas costosas y su maquillaje la convencieron de que se trataba de una prostituta fina y que le podría proporcionar la información que necesitaba.

-¿Escucha, conoces algún club en Kigali donde podría ir a bailar con mi novio blanco sin tener problemas?

La muchacha la miró sorprendida y contestó.

-Por supuesto, hay un par de lugares al que voy yo misma.

A continuación le dio dos nombres de sitios y sus direcciones, que Miriam anotó en su celular. La muchacha añadió.

-Si tú y tu novio quieren pasarla en forma sensacional llámame. Me especializo en parejas...entre otras cosas.

Y acto seguido le entregó una tarjeta con el perfil de una joven mujer negra y su teléfono. Miriam la miró y dijo.

-Gracias Bijou. Lo tendré en cuenta, aunque creo que me basto yo sola para volarle la cabeza a cualquier hombre.

A las siete Miriam oyó que llamaban a su habitación en forma discreta.

-Un momento, ya estoy casi lista dijo a través de la puerta.- En realidad ya se había vestido y se estaba terminando de maquillar, lo que le demandó aún unos quince minutos. Cuando abrió la puerta vio que Alec permanecía aún allí. Al verla el hombre quedó literalmente con la boca abierta sin poder expresarse.

-Bien. ¿Vas a quedarte allí callado?

-Estás...magnífica...nunca hubiera pensado...

-¿De modo que creíste que la mujer que conociste en la aldea caminando por el barro era la única imagen posible?

Alec no contestó la pregunta retórica y en cambio dijo.

-Eres una mujer muy bella.

-¿Para ser una negra?- La pregunta era entre divertida y desafiante.

-Ya sabes que prefiero a las negras.

Sintiendo un impulso Miriam tomó al hombre por las solapas de su chaqueta, lo aproximó hacia ella y poniéndose en puntas de pie plantó un beso en su boca; de inmediato se apartó dejándolo un poco confuso.

-Bien. ¿Vamos a cenar o no?

Alec se hallaba embargado por una extraña emoción con la que no estaba familiarizado. Había tenido muchas mujeres en su vida, quizás demasiadas como para establecer un vínculo estable con ellas, pero el sentimiento detonado por la iniciativa de la mujer le resultaba nuevo.

Una vez más Miriam debió tomar la iniciativa, en lo que sería una constante en la relación que se iniciaba. Contenta por haberse animado a besarlo y la reacción del hombre, lo tomó del brazo y avanzó hacia los ascensores para ir al restaurante del hotel.

La conversación se fue desarrollando durante la cena. Cada uno estaba ansioso por conocer detalles de la vida del otro y aún en forma desordenada las narraciones se fueron sucediendo.

-¿De modo que eres el hijo de un obrero metalúrgico?

-Sí, nací en un pueblo rural cerca de San Petersburgo, donde solo quedaban antiguas fábricas decadentes.

-¿Y luego te uniste al Ejército Ruso?

-A los dieciocho años. Era la única forma de salir de la mediocridad.

-¿Has estado en combate?

-Muchas veces y en muchos frentes.

-¿Cuando te convertiste en mercenario? Perdona si uso un término chocante.

-Está bien, es la verdad. Hace unos diez años.

Con astucia Miriam fue llevando la conversación al momento en que el hombre había llegado a la aldea donde lo había conocido; en realidad lo que le interesaba era su grado de relación afectiva con las mujeres que habían sido sus amantes. Sin eufemismos Alec explicó su dependencia de la jefa de la tribu y las instrucciones que recibía de ella. Miriam lo forzó a narrar la relación sexual con Mukamutara con cierto detalle. Luego meditó unos instantes. El hombre le preguntó.

-¿Y bien, qué piensas de mí? ¿Que soy una hoja que lleva el viento sin rumbo fijo?

-La matriarca actuó bien por un instinto de conservación de su clan, al que había salvado de la masacre llevada a cabo por los hutus. Encontró un guerrero que ya había dado muestras de que podía defenderlas de sus enemigos. Al mismo tiempo le garantizaba descendencia a ella y al clan, sin correr riesgos de llevar a la villa a hombres desconocidos y potencialmente llenos de vicios. También se aseguró un amante incondicional y poderoso luego de largos años de abstinencia sexual. Es probable que así como tú prefieres a las negras, la matriarca y sus acólitas prefieran a un hombre blanco.

-¿Tú crees?

Miriam habló sin meditar si quería hacer una confidencia a esa altura.

-Lo creo porque lo mismo me ocurre a mí.

Un silencio lleno de preguntas sin respuesta siguió a esa afirmación. Alec estiró una mano sobre la mesa y acarició la de ella con suavidad. Miriam no había terminado con su locución.

-Así como entiendo a Mukamutara y sus aldeanas, te entiendo a ti, y también me resulta fácil justificarte.

-¿Qué quieres decir?

-Después de una vida llena de privaciones y peligros encontraste un lugar donde un verdadero harén se ponía tu disposición por designio de su líder. El gran macho ruso podía elegir con qué muchachas jóvenes y ardientes se podía acostar cada día, sin preocuparse por las consecuencias de sus calenturas, ya que las preñeces eran parte de lo esperado. Mientras tanto las mujeres te mantenían a cambio de una protección cada vez más innecesaria por el alejamiento de los hutus. Has dormido en una cama blanda los dos años de tu estadía. Dime ¿A cuántas muchachas has embarazado?

-Ocho, hasta donde sé.

-El número coincide con mi relevamiento del estado de la aldea. De modo que todos son tuyos.

Alec bajó la mirada. La mujer extendió su mano y alzó la barbilla de él forzándolo a mirarla.

-No tengas vergüenza. Soy una zulú y quiero un hombre poderoso.

Luego fue el turno de Miriam de hacer un resumen de su vida. Era la hija mayor de un potente jefe tribal zulú con gran número de súbditos y sus hermanos varones eran aún niños, de modo que su padre había depositado toda su expectativa en ella. Había esperado poder casarla con el hijo de otro jefe importante de modo de establecer una alianza sólida entre las dos tribus, pero su decepción fue grande cuando la muchacha había decidido ir a Johannesburgo a estudiar medicina y luego se había establecido en esa ciudad. La madre de Miriam, mujer de influencia sobre el marido, la había apoyado siempre y lo seguía haciendo. Miriam fue bastante reservada sobre su vida sentimental anterior y el hombre no hizo preguntas.

Finalmente la mujer dijo.

-Quiero que me lleves a bailar. He conseguido la dirección de un local bailable abierto toda la noche.

Cuando regresaron al hotel eran pasadas las cuatro de la madrugada. Ambos estaban bastante borrachos y sus pasos eran vacilantes, de modo que cuando el conserje nocturno los vio llegar apartó su vista.

Una vez que llegaron al segundo piso Miriam se sacó sus zapatos y los llevó en la mano mientras caminaba por el mullido alfombrado del pasillo. Cuando llegaron frente a sus habitaciones opuestas por el corredor ella preguntó.

-Y bien ¿Tu cuarto o el mío?

-Tú decides.

Miriam tomó la tarjeta magnetizada y deslizándola sobre la puerta la abrió. Tomándolo del brazo guió a su acompañante hasta la cama y le dijo.

-Ahora quiero que me poseas y luego me dejes dormir. Mañana no tenemos nada que hacer y veremos de qué cosa eres capaz.

Capítulo 9

Alec fue despertado por dos golpes discretos dados en la puerta de la habitación. Miriam había ordenado que les subieran el desayuno en el cuarto y la mucama trajo una bandeja abundante con fruta tropical variada y café.

-¡Qué lujo!- Expresó el hombre.

-Soy una princesa africana. Tendrás que acostumbrarte a ciertas cosas.- Contestó la mujer sentándose en el lecho y dándole un beso casto en la mejilla.

-En cambio yo soy sólo un miliciano.-Dijo el ruso con modestia.

-Un vagabundo.- La mujer le contestó con tono felino y a la vez desafiante.- Pero vamos a desayunar porque luego tendremos una mañana activa.

-¿Qué tienes en mente?

-¿Tú qué crees?

Miriam surgió del baño envuelta en un vaporoso negligé debajo de la cual era evidente que no llevaba otra cosa que su piel. La delgada tela exhibía y reforzaba sus sinuosas curvas de las cuales sólo entonces el hombre tomó noción cabal. Se arrodilló en la cama sobre las piernas de él y comenzó a avanzar hacia su torso. Alec sintió una irrefrenable erección y luego introdujo sus manos dentro de la prenda acariciando las caderas y los muslos de ella. Miriam comenzó a emitir unos gemidos gatunos que resultaban aún más excitantes. El hombre pasó sus brazos sobre la espalda de su compañera para atraerla sobre sí, pero la mujer resistió dejando bien en claro que era ella quien controlaba el curso de los acontecimientos.

-Vas a tener que esperar.-Dijo.- Hay algo que quiero que hagas en primer lugar.

-¿De qué hablas?

En vez de responder Miriam siguió deslizando sus piernas hacia la parte superior del cuerpo de su amante, y éste tuvo una intuición de lo que vendría.

Con un simple movimiento la mujer se quitó el negligé dejando todo su hermoso cuerpo desnudo.

-¡Qué bella eres! Nunca estuve con una mujer así.-Las manos de Alec comenzaron a recorrer la piel caliente desde las piernas hacia arriba, al tiempo que ella proseguía el avance de sus muslos hasta poner su vientre en contacto con el rostro de él. Alec abrió su boca y deslizó su lengua sobre el Monte de Venus logrando incrementar los gemidos. Finalmente la cabeza del hombre quedó completamente sumergida y la vulva de ella se colocó sobre su boca.

-Quiero borrar todas las esencias de las otras mujeres y que sólo tengas mi fragancia y mi sabor en tus sentidos.- Expresó comenzando a hamacarse sobre los labios abiertos de su amante.

Alec se sintió invadido por una mezcla de aromas, gustos, humedad y calor en un nicho oscuro en que las carnes que lo rodeaban tapaban el acceso a la luz exterior pero le permitían respirar.

-Este es mi lugar en el mundo, aquí quiero vivir.

-¡Oh! Ya cállate y concéntrate en tu tarea. Quiero que me vuelvas loca con tu boca y derramar mis fluidos dentro de ti y así purgarte de lo que las otras mujeres te hayan dado.

El ritmo del movimiento de las caderas sobre el rostro de Alec se hizo frenético y Miriam comenzó a gemir intensamente al sentir que el clímax se avecinaba. Apretó la cabeza del hombre con todo el peso de su cuerpo y abrió las piernas al máximo para permitir la máxima exposición de su zona erógena a la lengua y los labios.

Finalmente el hombre sintió la invasión de un chorro de flujo tibio y viscoso en su boca y deslizándose en su garganta mientras Miriam profería un grito estremecedor al experimentar el orgasmo liberador.

-Eres excelente haciendo esto.- Dijo la mujer cuando recuperó su control.- No hay orgasmo de una mujer comparable con el que da el sexo oral bien realizado. Te aclaro que he quedado aun muy caliente de modo que prepárate para más.

-Eres insaciable.

-Soy una negra. Soy una princesa zulú que ha conquistado un macho blanco que venía deseando desde hace semanas, o sea desde que te conocí.

La mañana transcurrió con un alto nivel de excitación de modo que al llegar el anticlímax ambos se durmieron abrazados. No se despertaron para almorzar y cuando finalmente Alec despertó vio que estaba sólo en el lecho. Un ruido del baño le informó que Miriam se estaba duchando. Al cabo de un rato salió de la toilette con un toallón envuelto en el torso y otra toalla anudada sobre su cabeza.

-Tenía tu saliva sobre toda mi piel.- Dijo con toda naturalidad.

-¿Es un queja?

-Todo lo contrario. Esta ha sido una mañana para recordar.

-¿Que vamos a hacer ahora?

-Yo tengo a las cuatro de la tarde una reunión en la Secretaría de Salud. Vamos a planificar el regreso a la aldea llevando al enfermero que residirá allí.

-¿Y cuáles son tus planes personales?

-Ya he comunicado mi renuncia. Volveré a Johannesburgo. Allí conservo un puesto de trabajo en el que tomé sólo una licencia temporal. De eso quería hablar contigo.

-Te escucho.

La mujer se acostó en la cama al lado de él.

-No querrás empezar de nuevo.

-No, no. Esto es muy serio. Quiero que vengas conmigo. ¿Tú puedes entrar en Sudáfrica?

-Sí, tengo una visa válida.

-Con lo que gano podemos vivir los dos, aunque en forma modesta.

-No necesito ni permitiré que me mantengas.

-En la aldea la matriarca te mantenía como su amante y el de sus hijas

-Contigo quiero tener otro tipo de relación. Además, yo también tengo mis contactos en Johannesburgo, incluso con una oferta de trabajo abierta.

-¿Haciendo qué?

-Haciendo lo que sé hacer. Soy un soldado.

-Allí no hay ninguna guerra.

-No, además no quiero estar más en la línea de combate. No quiero correr peligros ni manchar mis manos de sangre. Quiero empezar una nueva etapa contigo.

-¿Y qué harías entonces que se relacione con tu profesión de soldado?

-Reclutar y entrenar hombres. Un amigo tiene algo que podrías llamar una agencia de colocaciones.

-Para mercenarios.- La frase de la mujer más que una pregunta era una afirmación.

-Sí, no puedo cambiar de profesión. Eso es lo que sé hacer.

-Yo no quiero ser la mujer de un mercenario. Estoy segura que puedo conseguir para ti un puesto ya sea en la institución en la que trabajo o en otro sitio. ¿Qué idiomas hablas?

-Ruso, francés e inglés aunque un tanto defectuoso.

-Es suficiente. El manejo de idiomas es importante porque estaremos también en relación permanente con otras partes de África. Pero no para matar gente sino lo contrario. Llevarles ayuda.

Miriam se levantó del lecho para comenzar a vestirse.

-Tengo un apartamento en Johannesburgo. No es muy grande pero alcanza para dos personas. Te he hecho una oferta. ¿Qué me contestas?- La ansiedad era evidente en su tono de voz.

El hombre sonrió.

-Todo lo que deseo es vivir contigo. Por cierto que acepto. Tendré que adaptarme a un modo de vida completamente distinto. Por ejemplo, desde que salí de casa de mis padres en Rusia jamás tuve un domicilio fijo. Siempre estuve viviendo a salto de mata.

-Ya te lo dije. Eres un vagabundo, pero yo te reformaré.

Capítulo 10

La taberna era ruidosa y con un fuerte olor a cerveza. Un público predominantemente de africanos se movía nerviosamente circulando de mesa en mesa cerrando todo tipo de negocios, en general rayanos en el delito. Alec pudo ocupar una pequeña mesa bien visible desde la entrada y que quizás por eso estaba desocupada, ya que los clientes preferían rincones oscuros. Al cabo de un rato vio aparecer un hombre alto y rubio que cojeaba ligeramente al caminar. De inmediato reconoció el rostro de su compatriota Anatoly Vasiliev. Ya Dirk van der Velde, el contratista de Johannesburgo le había anticipado que el hombre se estaba reponiendo de heridas.

"No debe conseguir trabajo en ningún lado. Pero para lo que debe hacer en la aldea es perfectamente apto. Mi oferta será un regalo del cielo para él. Aparte es grande y fuerte, y también es bastante más joven que yo. Mukamutara y sus hijas lo recibirán con beneplácito."

Alec se levantó de la silla para recibir a su camarada, que había sido su subordinado años antes.

-¡Hola Tolya! Estoy contento de verte. Se ve te muy bien.

La última frase era una mentira piadosa.

El recién llegado le extendió la mano pero el otro lo estrechó en un abrazo. Ambos se sentaron y Alec comenzó a explicar la oportunidad que tenía para ofrecer al antiguo colega. Desde el comienzo los ojos de Tolya se iluminaron y su interlocutor tuvo la evidencia de que, tal como había anticipado, su oferta le resultaba providencial.

-¿Qué quieres decir que debo hacerme cargo de las mujeres de la aldea que la jefa me indique?

-No hay otro hombres en el villorrio, y tú te ocuparás de mantenerlos alejados. Deberás cumplir con las funciones de marido, entre otras cosas. Eventualmente de la misma Mukamutara. Tu primera prioridad será hacerla feliz a ella.

-¿Qué edad tiene?

-Alrededor de setenta.

Tolya frunció el ceño. De inmediato Alec lo amonestó.

-Debes mantener a la Madre Rusia bien representada.

Ambos hombres estallaron en carcajadas

La reunión duró poco más, ya que el anfitrión había citado al otro candidato, Hanspeter Berghorst en el mismo sitio. Su frase final al despedir a Tolya fue.

-Deja tus cuentas en Kigali saldadas y comienza a preparar tu equipaje.

-Preparar mi equipaje me llevará cinco minutos, no poseo casi nada.- Se sinceró Tolya.

Alec quedó de nuevo solo en la mesa esperando la llegada del alemán.

Cuando las entrevistas terminaron el ruso regresó al hotel. A pesar de que se habían separado solo tres horas antes sentía nostalgias de la compañía de Miriam. Comenzó a percatarse de que era una experiencia nueva en su vida aunque no se le ocurrió que podía ser amor.

Esta vez decidieron cenar en un restaurante barato cerca del hotel. La charla pronto giró sobre lo hecho por cada uno.

-Ya he seleccionado al enfermero que dejaremos en la aldea para atender la zona de influencia.- Dijo la mujer.- Es congoleño y estudió en Kinshasa. Me parece competente. ¿Y tú, qué has hecho?

-He entrevistado a dos antiguos camaradas para llevarlos también con nosotros a la aldea.

-¿Dos? Creí que solo buscabas un ayudante.- Miriam alzó una ceja esperando la respuesta con la esperanza de que fuera la que ella esperaba.

-Eso sería si yo me quedase en el poblado...pero ya te dije que he decidido aceptar tu ofrecimiento e ir contigo a tu país.

La mujer se levantó de su silla y le plantó un beso en la boca, ante la sorpresa de los comensales de las mesas vecinas. Luego se sentó un poco embarazada por su actitud. Mirando en los ojos a Alec dijo.

-No sabes lo feliz que esto me hace. ¿Los hombres que has elegido están disponibles en forma inmediata?

-Sí. Ambos están desocupados y no dejan nada detrás en Ruanda. ¿Cuando tienes previsto viajar a la aldea para llevar a nuestros reemplazos?

-En menos de una semana. Voy a tratar de apurar las cosas.

Mukamutara los estaba esperando a la entrada del pueblo con una delegación que incluía a las habitantes más notables, incluidas sus hijas. Luego de las presentaciones y de dejar al enfermero instalado en la sala de primeros auxilios, condujeron a Tolya y a Hanspeter a las chozas que les habían destinado y mientras Miriam quedaba con el paramédico organizando la actividad Alec siguió a la matriarca a su propia casa.

-Veo que el poblado sigue creciendo.- Dijo el ruso.

-Sigue arribando mujeres perdidas huyendo de todo tipo de persecuciones. Pero dime. ¿Por qué trajiste dos hombres contigo?

-Mukamutara, tengo que contarte algo...

Una vez transmitida su decisión, y a pesar de lo esperado por Alec la anciana no estalló contra él.

-Así que esa perra sudafricana te lleva con ella a su país. Ya me había percatado desde que vino al pueblo que debía cuidarme de esa mujer, pero ya ves...todo en vano.

Luego, pragmáticamente agregó.

-Vamos a ver a esos dos hombres que has traído contigo. Aunque es obvio de que han sido heridos parecen estar en un estado aceptable.

Por último añadió.

-En realidad un cambio de marido me viene bien. A mi edad es un lujo.

Dos semanas más tarde Miriam y Alec se despidieron de los habitantes de la aldea, quienes habían organizado una simple despedida con la habitual comilona, seguida de música y cantos.

Cuando subieron al vehículo que los llevaría de regreso a Kigali, ambos tuvieron la clara percepción que dejaba atrás una etapa de sus vidas y comenzaban una nueva. En el asiento trasero el vehículo se estrecharon en un prolongado beso mientras el conductor los observaba por el espejo retrovisor con mirada cómplice.

Arreglar todos los temas pendientes en Ruanda les llevó una semana, tras la cual partieron vía aérea a Johannesburgo.

El tiempo de vuelo fue una ocasión propicia para conversar sobre una cantidad de temas que habían quedado pospuestos por los apuros de los últimos días.

-¿Vas a trabajar en tu profesión en Johannesburgo? ¿Estás segura de que obtendrás un puesto en algún hospital?

-Sí. Ya me he comunicado con uno de los lugares donde ya he trabajado y tienen un trabajo disponible en mi especialidad desde el día en que llegue. Con más tiempo voy a abrir un consultorio privado para aumentar mis ingresos. ¿Qué hay respecto a ti?

-Ayer me comuniqué con mi viejo camarada Dirk van der Velde. Está ansioso que yo llegue para delegar en mí las tareas de reclutamiento y entrenamiento de los hombres de modo de poder dedicarse a la búsqueda de nuevos negocios.

-O sea a la búsqueda de nuevos patrones que están buscando mercenarios para sus guerras internas. En África siempre tendrán nuevas oportunidades.- El tono de Miriam era amargo y escondía su dolor como africana de ver a su continente y su gente permanentemente desangrándose por conflictos entre señores de la guerra despiadados y los mercaderes extranjeros que financiaban sus actividades a cambio de minerales, marfil u otros productos de origen africano.

-Es el oficio que tengo. Lamentablemente es lo que sé hacer mejor.- La respuesta de Alec era igualmente lúgubre.

-¡Vamos a cambiar eso!-La determinación en la voz de la mujer sorprendió al ruso.-Tengo muchos contactos y te encontraré para ti un trabajo en que el derramamiento de sangre no sea la finalidad esencial.

-¿En qué piensas?

-En algún trabajo de seguridad privada, donde puedas usar tus conocimientos de armas en otro contexto.

-¿Estás avergonzada de mí?

-En absoluto. Pero quiero estar orgullosa de tu rol en la sociedad.

La perspectiva de un trabajo digno impactó a Alec. Desde su lejana salida del Ejército Ruso siempre había vivido en los márgenes de la sociedad. ¿Sacarlo de ese destino sería el papel de la mujer que había elegido y que lo había elegido a él? Se percató de que ella había tomado el timón en su vida, arrastrándolo con ella fuera de la aldea, eligiendo la ciudad donde vivirían, y ahora cambiando su profesión. El sentimiento no fue de resentimiento sino de plena aceptación del hecho de que la mujer que amaba se hiciera cargo de su rumbo. El hombre ya había admitido su liderazgo prácticamente desde que se habían conocido.

El piloto anunció por radio el inminente arribo al Aeropuerto Internacional O.R. Tambo, antes llamado Jan Smuts.

Capítulo 11

J ohannesburgo

Cuando el taxi los dejó frente al edificio donde Miriam poseía un apartamento, cerca de uno de los nuevos distritos de negocios de la ciudad, Alec se sorprendió de la arquitectura moderna y sofisticada de la zona. A cierta distancia de veían los rascacielos ocupados mayormente por oficinas y viviendas de lujo. Aunque conocía Johannesburgo desde tiempo atrás, ésta área se apartaba notoriamente del África que él conocía. Por primera vez tuvo la percepción de que iba a ingresar a una nueva etapa de su vida, con códigos distintos.

El apartamento, situado en el octavo piso era bastante más amplio de lo que el hombre esperaba. Sólo tenía un dormitorio y dos baños, pero los ambientes eran espaciosos. Por las grandes ventanas penetraba mucha luz y la mirada sobre el distrito financiero se extendía hasta el infinito. El amoblamiento era funcional y limitado a lo esencial y algunos detalles sugerían que la moradora no pasaba la mayor parte de su tiempo en él. El estado de orden era aceptable pero faltaba una buena limpieza.

Miriam, sin duda encantada de hallarse en su vivienda luego de una prolongada ausencia abrió los brazos y giró sobre sus talones mientras profería un leve grito de placer, luego se arrojó en los brazos del hombre y se unieron en un prolongado beso.

-¿Y bien, que te parece?- Dijo ella extasiada.

-Un poco mejor que la choza de Mukamutara.- Respondió Alec con fingida displicencia.

-¡Maldito!- La mujer le mesó los cabellos mientras él la levantaba unos centímetros del suelo. -Dime en realidad qué piensas.

-Es magnífico. Jamás estuve en un sitio tan pulcro y confortable.

Para Miriam era sumamente importante haber impactado a su hombre en esa forma. Sintió una sensación placentera de satisfacción profunda, pero decidió posponer el gozo de la misma.

-Ahora ayúdame, hay que acomodar lo que hemos traído en las maletas y hacer la limpieza. ¿Has colaborado alguna vez en la limpieza de un sitio?

-Por supuesto. En el cuartel del Ejército Ruso. Eran muy estrictos, aseo y orden de tu litera. Uñas bien limpias y cortadas, zapatos lustrosos y botones del uniforme bien brillantes.

A la tarde fueron a un supermercado para aprovisionar la casa de alimentos y elementos de limpieza. Esa resultó una experiencia nueva para el ex-soldado quien parecía un poco confuso al principio.

Alec bajó del taxi frente al viejo y decrépito edificio que alojaba las oficinas de Dirk van der Velde. La puerta del sitio era sin embrago de seguridad y una cámara permitió que el antiguo colega lo identificara y le diera acceso.

Ambos hombres se estrecharon en un afectuoso abrazo quizás inesperado entre colegas tan curtidos. El recién llegado lo observó bien, Dirk había encanecido y su cintura ya no era tan esbelta.

-¿Alec, han sido cuantos...tres años?

-Más bien cuatro o cinco, desde lo de Angola, ¿Recuerdas?

-¡Claro! Pero dime ¿Cómo haces para estar tan en forma?

-La dura vida del soldado. ¿Recuerdas cómo es?

El sudafricano festejó el chiste.

-Ven, brindemos por el reencuentro. Tengo vodka.

-¿Ruso o polaco?

-Ruso. Es excelente, pero con moderación...tengo alguien que me espera.

-¿Me dices que estás en pareja con una zulú?- A pesar de ser un sudafricano de origen *bóer* Dirk jamás había sido racista y dentro de sus acólitos tenía numerosos mercenarios africanos a los que trataba en un pie de igualdad. La charla prosiguió con las historias de uno y otro hombre, de las cuales siempre excluían lo referido a episodios de violencia, a diferencia de las fanfarronadas frecuentes entre los mercenarios. Alec tuvo la sensación de que también su amigo estaba cansado de una vida atada a las guerras y sus consecuencias. Aunque ninguno de los dos camaradas era consciente de ello esa actitud marcaba el comienzo de la declinación de la profesión de soldado de fortuna.

A continuación el dueño de casa hizo una propuesta económica a su colega para colaborar con él en las tareas de reclutamiento y entrenamiento. El ruso aceptó de inmediato.

-Pero primero debo actualizarte a ti en todo lo referido a la guerra electrónica, tanto en la funciones de comunicaciones como de inteligencia. Lo fundamental ya no es apretar el gatillo sino tener información adecuada y usarla con criterio. Esto incluye usar vínculos políticos a diversos niveles, de lo cual tú tienes en África una vasta experiencia.

Cuando regresó al apartamento Miriam debió abrirle por el portero eléctrico pues aún no tenía un juego de llaves. Tomó el ascensor que una vez más lo sorprendió con su rapidez y al tocar al timbre de la puerta la mujer le abrió de inmediato. Alec le dio un beso en la mejilla.

-Tienes aliento a alcohol.

-Fue un vaso de vodka, quizás dos.

-Debes saber que es una de las cosas que no puedo tolerar.- Por una vez el tono era serio y firme. Alec ya intuyó que su vida habría de cambiar en muchos aspectos, hasta rechazar un buen vaso de vodka ruso. La mujer preguntó.

-¿Cómo te fue con tu amigo?

-Bien ya tengo un trabajo.

-¿Cuánto te pagará?

El hombre le mencionó la cifra.

-Bien. No está mal para un trabajo que recién comienzas.

-Soy bueno en lo que hago.

-Pero así sigues relacionado con la violencia que asola África.- Miriam tenía una conciencia muy acendrada de negritud y de africanidad.

-Ya no estaré combatiendo, es solo entrenar hombres. Yo estaré a la distancia.

-Pero al final siempre hay hombres asesinados y poblaciones huyendo despavoridas. Yo no quiero que mi hombre esté relacionado con eso. Ya te dije que voy a buscarte un empleo digno, algo relacionado con la seguridad privada, aquí en Johannesburgo.

Insensiblemente, el cerco de dependencia de quien había sido un soldado libre se iba completando; aunque Alec era consciente de ello accedía con gusto irse sumergiendo en la suavidad que se le ofrecía por primera vez en su vida.

-Y a ti. ¿Cómo te ha ido?

-Bien. También yo tengo nuevamente mi empleo en el hospital. Me aprecian mucho y admiten que la experiencia que he hecho como médica itinerante por media África me ha ampliado mis conocimientos.

-Lo que ambos hemos sembrado en nuestro pasado nos juega a favor ahora.

Miriam decidió dar a conocer una noticia que había estado reservando para un momento apropiado.

-Oye. He hablado con mis padres, allá en mi pueblo natal.

-¿Tienen teléfono?

-Por supuesto, mi padre es un importante jefe tribal, y estás en Sudáfrica, no en una aldea perdida en la frontera entre Ruanda y Congo.

-¿Y bien?

-Quieren que vaya a visitarlos.

¿Irás?

-Claro. También quieren conocerte.

-¿Les has hablado de mí, un extranjero?

-¡Por supuesto! Tengo planes serios para ti. ¿Aceptas venir?

-Sí. Si es importante para ti lo es también para mí.

Obviamente contenta Miriam enlazó sus brazos sobre el cuello de él, situado veinte centímetros más alto.

Capítulo 12
Provincia de KwaZulu-Natal

El grupo étnico Zulú es el más numeroso en Sudáfrica con una cantidad estimada de individuos entre diez y doce millones. Su área geográfica ancestral es la actual provincia de KwaZulu-Natal, ubicada en la parte oriental de Sudáfrica.

Para moverse en el territorio Miriam y Alec compraron una camioneta todoterreno Range Rover un tanto destartalada pero con el motor en buen funcionamiento. En ella colocaron provisiones para el viaje y ropa sobre todo de la mujer, para poder lucirse en la aldea donde la vestimenta exhibe el status de la persona y determina de alguna manera el recibimiento y consideración que ha de recibir. Miriam había comprado numerosos regalos para entregar a sus familiares y otras personas de predicamento en el poblado. En cuanto a Alec, dado que no tenía un guardarropas muy variado, llevó todo lo que tenía, incluyendo hasta su viejo uniforme del Ejército Ruso, con insignias y algunas condecoraciones.

El viaje hacia el este fue largo y cansador con largos períodos de monotonía, y ambos se alternaban en el manejo del vehículo. Atravesaron zonas de distinto paisaje, desde áreas forestadas hasta grandes desiertos y la inmensa sabana africana. Llegaron a ver una manada de elefantes a la vera de un arroyo y otras muestras de la fauna original de la región.

-En mi infancia era mucho más frecuente el toparse con animales salvajes en su hábitat natural.- Expresó la mujer.- Hoy se van convirtiendo en la rareza de museo.

La aldea era igualmente un híbrido de los tiempos; consistía en realidad en un poblado con abundantes casas de mampostería aunque en la periferia se veían aún las grandes chozas con techos semiesféricos de paja montados sobre paredes con una planta circular construidas con madera, ladrillos o de la misma paja. Las puertas tenían la parte superior semicircular y en general eran de madera. La altura de las chozas en la parte central era de unos tres metros. Las viviendas estaban dispuestas en torno a unas especies de patios de tierra con fogones apagados en el centro, y por los cuales vagaban numerosas gallinas. Mujeres y niños vestidos con una diversidad de atuendos que iban desde ropas occidentales a vestidos de telas brillantes realizaban sus tareas entre las chozas

Alec observaba con curiosidad ese colorido espectáculo pero tranquilizó su mente cuando vio que Miriam, que estaba conduciendo en ese momento, rumbeaba hacia la parte central del poblado consistente en viviendas de mampostería y techos de chapas metálicas, en calles trazadas con nitidez en una cuadrícula aunque eran todas de tierra.

Alguien debió haberlos visto al entrar en el poblado pues pronto los vecinos comenzaron a salir de sus casas para observarlos con curiosidad. Al fin la mujer finalmente frenó el vehículo frente a lo que era la casa más grande del villorrio.

-Hemos llegado.-Dijo en una voz que trasuntaba emoción.- Ésta es la casa de mis padres.

La puerta de la vivienda se abrió y unas diez personas comenzaron a emerger de la misma, incluyendo un hombre de unos setenta años de gran talla y de aspecto imponente y una mujer de aproximadamente la misma edad, ambos ataviados con ropas de telas de gran colorido; el resto eran personas más jóvenes.

-Mis padres y mis hermanos.- Informó Miriam enjugando una lágrima.

-¿Nos están esperando? ¿Sabían de nuestra llegada?

-Por supuesto. La aldea tiene comunicaciones aunque aún no ha llegado Internet.

La mujer descendió velozmente por la puerta del conductor y corrió a arrojarse en los brazos abiertos de su madre mientras el hombre permanecía a unos pasos y los jóvenes la rodeaban. Todos hablaban en isiZulú, un idioma de la familia Bantú del sur. Prácticamente inadvertido Alec bajó de la camioneta y comenzó a sacudirse el polvo del viaje. Sus ojos enfocaron la bella escena del reencuentro familiar que le dio acceso a una faceta desconocida y hasta insospechada de la mujer a la que se había unido. Por detrás del carácter imperativo y hasta autoritario se escondía una personalidad tierna y fiel a sus lazos familiares. El forastero no pudo menos que evocar una escena en su lejana Rusia natal y pensar cómo sería la imagen de su reencuentro con su propia familia. Se trataba de un pensamiento que siempre intentaba mantener soterrado para no dar lugar a una nostalgia existencial. Su mente recreó la imagen de su madre y de su padre, e intentó cómo estarían sus dos hermanos que eran niños cuando había dejado su propia aldea. No pudo contener un gemido.

Finalmente Miriam recordó su presencia y se dio vuelta hacia él diciéndole en inglés.

-¡Ven Alec! Voy a presentarte a mi familia.

La mujer acompañada por Alec se acercó respetuosamente al patriarca y le dijo con gran respeto.

-Padre. Le presento a Alec. El hombre que he elegido.

El hombre, que hasta el momento no había abierto la boca exhibió de golpe un gesto contenido en su rostro y tomó a su hija entre sus brazos y la estrechó fuertemente mientras ella exhibía su gozo y alegría en su rostro. Finalizado el conmovedor gesto familiar extendió su mano al forastero.

-Si eres el hombre que mi hija ha elegido eres también bienvenido a mi casa y mi pueblo.

Prosiguiendo las presentaciones Miriam dijo en tono solemne tratando de esconder su emoción.

-Aleksander Kuznetsov, te presento a mi padre, el jefe Kagisu Kumalo.

El ruso se sintió por primera vez en largo tiempo profundamente conmovido por la recepción. Había sido admitido antes en otros medios, tales como la aldea en Ruanda, pero siempre había entrado en forma no oficial, para llenar un hueco en la reducida sociedad en que entraba, ya fuera la defensa o la reproducción. Esta vez ingresaba por la puerta grande, de la mano de la mujer que en realidad lo había elegido a él. La bienvenida de Kagisu Kumalo estaba plena de significados para Alec. Inadvertidamente la vida del soldado entraba en un plano de estabilidad, libre de la precariedad en que había vivido desde que había abandonado el Ejército Ruso largos años antes.

Luego de estrechar la mano que se le ofrecía el ruso fue literalmente arrastrado por la manga por Miriam quién evidentemente estaba ansiosa por hacerle conocer al resto de su familia.

-Esta es mi madre Lindiwe.

La anciana tomó la mano del recién llegado entre las suyas y lo contempló largamente a los ojos, sin duda tratando de leer en su interior. Alec mantuvo la mirada de esos ojos tan parecidos a los de Miriam y sintió su efecto interrogador. Finalmente la mujer le dijo en un inglés defectuoso.

-No tengo nada que agregar a la bienvenida de mi esposo. Sólo quiero hablar contigo a solas más tarde.

Miriam prosiguió las presentaciones de los restantes miembros de su familia que se hallaban alineados.

-Estas son mis hermanas Jabulile y Olwethe, y estos son mis hermanos Funani y Kgabu. Uno de ellos será jefe de la aldea algún día, cuando mi padre así lo disponga.

Kagisu Kumalo se acercó y dijo a los recién llegados.

-Cuando me llamaste días pasados hice preparar una de las chozas para tu prometido. Tú vivirás con tus hermanas hasta que te cases. Es decir, si es que algún día decides casarte

La frase relativa la expectativa de casamiento sorprendió a Alec, por cuya mente nunca había pasado tal posibilidad ni tampoco lo habían discutido con Miriam. Sin embargo tuvo que admitir que la idea no le producía rechazo.

Capítulo 13

Kagisu Kumalo había decidido realizar una fiesta en la aldea esa noche; el propósito central de la misma era celebrar el retorno de su hija mayor, y en realidad su hija preferida, a la vez que brindarle la bienvenida al que consideraban su prometido, siguiendo la rutina del cortejamiento zulú. En realidad el jefe hubiera deseado para su hija un marido de su propia etnia y de alguna familia importante de su propia tribu u otra, con antecedentes familiares de jefes y guerreros, pero cuando Miriam se había marchado a estudiar medicina a Johannesburgo ya se había mentalizado que debería aceptar lo que la joven decidiera. En el fondo le agradaba que su heredera tuviera un carácter fuerte.

A través de su hija sabía que el candidato era militar y que había protegido a toda una aldea de sus depredadores y esto a sus ojos era un punto a favor ya que la tranquilidad de su hija estaría asegurada. Ya haría que el recién llegado le contase las anécdotas referidas a sus luchas.

Para la fiesta se sacrificaron dos cabras como cada vez que se debía invocar a los antepasados para presentarles a los nuevos integrantes del clan. También se preparó una abundante provisión de *Utshwala*, la tradicional cerveza zulú producida a partir de sorgo y preparada por las mujeres, un elemento central de la cultura zulú.

Lindiwe, la madre de Miriam, había hecho sus propios planes para la jornada. Sabía que su familia dejaba a su cargo la evaluación del carácter y la capacidad del novio, porque tanto su marido como los ancianos confiaban plenamente en su intuición y tacto; en su rusticidad Lindiwe era una fina psicóloga y sabía llegar a las profundidades del alma de las personas, separando la paja del trigo, las tendencias profundas de los convencionalismos sociales, aún de personas pertenecientes a otras culturas. Aunque le parecía que el candidato elegido por su hija era un tanto pálido entendía lo que Miriam había gustado de él, al mirar sus ojos azules y su elevada estatura.

La matriarca había pedido a su hija que citase a Alec a una reunión a solas con ella, en un cuarto reservado que tenía en la casa de los Kumalo. El hombre acudió a la hora fijada y cuando Lindiwe, sentada en la penumbra de la habitación vio la alta figura aparecer por la puerta de la misma, recortada contra la luz exterior, se sintió orgullosa de que Miriam hubiera conquistado a un hombre que sin duda haría suspirar a muchas mujeres de cualquier raza.

Al terminar la larga reunión de preguntas, respuestas y silencios, Lindiwe hizo conocer al forastero sus propios requisitos.

-¿Has engendrado hijos?

-Varios.

-¿Dónde?

-Con seguridad, en la aldea donde estaba viviendo cuando nos conocimos con Miriam.

-Bien, has de saber que aunque mi hija es joven se ha atrasado en la gestación de hijos. Quiero que engendres un hijo en cada uno de los próximos años. El jefe Kumalo, mi marido, necesita una progenie numerosa y tú debes asegurarnos los primeros nietos, hasta que mis restantes hijos están en edad de criar sus propias familias.

-Entendido.- Al responder así Alec rememoró las exigencias de Mukamutara, la matriarca de la aldea femenina de Ruanda con respecto a darle descendencia a través de sus tres propias hijas. Al menos ahora Lindiwe no tenía exigencias sexuales respecto a sí misma. Pero siempre aparecía alguna mujer africana poderosa imponiéndole sus objetivos que lo transformaban en una especie de semental. Alec quería desarrollar junto con Miriam sus propios objetivos, compartidos por ambos, pero era consciente de las ataduras sociales tribales en África.

Las reuniones no habían acabado para el forastero. Ya se había dado cuenta que la tribu en la que su mujer había nacido se atenía estrictamente a los protocolos sociales zulúes, situación muy diferente a la soltura con que Mukamutara manejaba la pequeña aldea en la frontera entre Ruanda y Congo; la masacre de los hombres llevada a cabo por los hutus años antes dejado sólo una prioridad en vigencia: sobrevivir a cualquier precio, y eso dictaba las cambiantes normas del clan.

La siguiente reunión tuvo lugar ante el jefe Kagisu, quien parsimoniosamente llevaba la voz cantante; Lindiwe y Miriam estaban presentes pero permanecieron en silencio, ya que el propósito de su estadía era solamente que estuvieran informadas de lo decidido. En circunstancias normales también deberían haber estado presentes los familiares del novio, pero obviamente este no era el caso; sin embargo, un anciano llamado Gatshe se hallaba presente, ya que era menester que en las ceremonias Alec estuviera acompañado por personas que simbolizaran su familia y que estuvieran al tanto de los rituales de la tribu, de modo que pudieran guiar al novio en las mismas, a la vez, debería defender sus intereses en los regateos que tuvieran lugar.

En primer término Kagisu pidió a Alec que contara su propia historia desde su nacimiento en una aldea en Rusia; aunque no tenía nociones sobre el país el jefe juzgó propicio que el hombre fuera de origen rural, ya que por principio desconfiaba de los habitantes de las ciudades, cualquiera fuera su raza. Se alegró al saber que el interlocutor había trabajado en tareas agrícolas con sus propias manos, y también el ver que compartían actitudes relacionadas con el respeto al medio ambiente, de alguna manera universal entre campesinos.

También se interesó por la educación formal del forastero y principalmente por su entrenamiento en el ejército ruso. Luego hizo narrar sus experiencias como mercenario en territorio africano y lo hizo explayarse sobre los hombres que había matado en combate, asegurándose que nunca había asesinado a mujeres ni niños. Aunque el jefe no lo expresó, su evaluación fue que todo lo que el ruso le contaba era compatible con el estricto código del guerrero zulú.

Miriam prestaba atención, sorprendida de que las preguntas de su padre iluminaran innumerables aspectos de la vida de Alec que ella desconocía, lo que justificaba su presencia como testigo mudo; en verdad a pesar de su formación científica como médica, la mujer jamás había renegado de las tradiciones de su pueblo, en las que encontraba profunda sabiduría.

Finalmente Kagisu juzgó que sus interrogantes estaban satisfechos y preguntó a su mujer e hija si tenían algo más que preguntar. Ante la negativa decidió cambiar drásticamente de discurso y hacer conocer sus condiciones; tanto Miriam como Alec sintieron un escozor al desconocer lo que el jefe diría. Kagisu fue directamente al grano.

-Usted ya sabe que la mujer que pretende tiene un alto rango en la sociedad zulú, en particular en nuestra tribu. Esto es así tanto por ser mi hija como por su belleza y sus propios méritos, incluyendo ser la primera mujer que estudia en la Universidad y se gradúa de médica en nuestro clan.

Hizo un alto mientras reflexionaba sobre como proseguir este nuevo rumbo de discusión. Una vez más fue directamente al punto.

-Miriam debe mantener su condición dentro de nuestra comunidad y para ello es preciso que si sale de mi familia y de mi protección lo haga casada como nuestra cultura lo exige.

La tensión entre los dos jóvenes era máxima.-Kagisu prosiguió.

-Alec- Era la primera vez que lo llamaba por su nombre, lo cual probablemente tuviera también un significado ritual.- ¿Está usted dispuesto a casarse con mi hija Miriam en los términos y según el ritual de nuestra tradición?

Consciente de que jamás había hablado de casamiento con Alec, la tensión de la muchacha llegó a niveles muy altos.

-Sí, lo estoy.-Respondió el forastero.

Capítulo 14

La ceremonia de casamiento entre los zulúes ha evolucionado con el tiempo, partiendo de los festejos puramente tradicionales de cada tribu a los que se fueron incorporando costumbres y ritos del cristianismo incluyendo la celebración en iglesias como uno de los acontecimientos centrales, aunque no el único.

Cuando la novia se encuentra lista para casarse lo informa a su padre, quien hace público que su hija está disponible para la boda o *umabo*.

Una vez que los novios se hayan conocido y aceptado, una etapa de negociaciones se abre entre ambas familias para fijar la *lobola* o dote, que de alguna manera manifiesta el valor que el novio asigna a su prometida; esta etapa es fundamental en todo el proceso, y una vez concluida se fija la fecha del acontecimiento.

En el caso de Miriam y Alec, dado que la familia del último se hallaba a miles de kilómetros y no tenía idea de lo que estaba ocurriendo, uno de los principales miembros de la tribu que lo había acompañado hasta entonces como asesor, el herbolario Gatshe tomó el rol de padre adoptivo del ruso y negoció en su nombre; como era uno de los aldeanos más prestigiosos y ricos, se hizo cargo del pago de la dote en ganado caprino y vacuno. El hecho de que este proceso se llevara a cargo de forma pública y de acuerdo a los rituales tradicionales era importante para el buen nombre de la novia, particularmente dado el cargo de jefe tribal de su padre. La fecha fijada fue para un día de la semana siguiente, de modo de dar espacio a la preparación de los atuendos, las reses a ser sacrificadas, y la bebida a ofrecer a los asistentes.

Llegada la fecha, la familia de la novia sacrificó una cabra para anunciar a los antepasados que Miriam se estaba casando y pedir su protección sobre ella; a la vez, la familia del novio, es decir Gatshe, sacrificó otra cabra para dar la bienvenida a la novia en su nueva familia.

Dada la relevancia tribal del casamiento de la hija del jefe, se decidió llevar a cabo dos ceremonias de modo de maximizar las bendiciones sobre la pareja y destacar la jerarquía de ambos suegros.

A la mañana se llevó a cabo una ceremonia religiosa en la iglesia cristiana del lugar. Para concurrir a ella Miriam se vistió de blanco como parte de la liturgia y tradición. La mujer usó un vestido hecho originalmente para una prima y adaptado a su figura. Al salir de la casa la madre la cubrió con una manta de lana y Miriam salió del hogar sin mirar para atrás como lo exige el rito.

La boda cristiana tuvo lugar al mediodía y el reverendo extendió a los cónyuges un certificado de matrimonio, y a partir de ese momento Miriam y Alec estaban ya legalmente casados.

Esa noche tuvo lugar la ceremonia tradicional, la que había sido esperada por todo el pueblo para los festejos incluidos bailes, comidas y libaciones.

Miriam se vistió adecuadamente, con una falda corta de cuero que mostraba sus magníficas y bien torneadas piernas y muslos al agitarse; sus pechos estaban también cubiertos de una prenda de cuero y el resto de su piel estaba expuesta dejando a la vista su silueta, haciendo que las muchachas la envidiaran y los hombres sintieran celos por Alec. Un collar de cuentas y pelo de cabra rodeaba su cuello y sus muñecas y tobillos llevaban igualmente lazos de cuentas de colores vivos. Indudablemente todos los ojos estaban posados sobre ella y no sólo por ser la contrayente y la hija del jefe.

Alec llevaba igualmente un atuendo de tela y cuero que cubría sus cabellos, hombros, caderas, muñecas y tobillos. Su piel pálida contrastaba con la renegrida de la mujer y la del resto de los asistentes.

La ceremonia tradicional comenzó con una suerte de competencia entre las dos familias de los novios en canto y baile, y no sólo los miembros más jóvenes participaron de la misma sino también los adultos. Alec quedó extasiado al ver los movimientos enérgicos y sensuales de su mujer y trató de seguir los pasos aunque sin mucho éxito. La extenuante danza terminó con una batalla coral disputando a cual de ambas familias pertenecía la novia.

Luego de las canciones la ceremonia pasó a la fase que la mayoría de los concurrentes estaba esperando, la cena nupcial con carne asada acompañada de grandes cantidades de cerveza de sorgo, que duró horas por los aparentemente insaciables apetito y sed de los invitados.

Cuando ya la mayoría de los asistentes se hallaban dormidos o se habían retirado llegó la fase culminante de la ceremonia, en la cual la novia debía dirigirse a la casa de la familia de su desposado, en este caso la vivienda de Gatshe, que había sido acondicionada para la oportunidad. En realidad, Miriam conocía sobradamente la casa del herbolario y su familia desde su niñez, pero debía prestarse a realizar las actividades rituales. Se había puesto nuevamente el vestido blanco para seguir las normas. Una vez dentro de la vivienda de la familia del novio, la mujer se desplazó por toda la amplia casa en soledad, con el objeto de presentarse a los antepasados de su nuevo marido y ser aceptada por ellos como un nuevo miembro de la estirpe. Mientras todo esto ocurría, la familia de la novia y Alec esperaban fuera de la vivienda de Gatshe.

Luego Miriam negoció, tal como estaba previsto, cuánto tiempo debía permanecer en la casa de sus suegros hasta que fuera oficialmente aceptada en la familia; como todo era en realidad una puesta en escena, decidieron darla por concluida luego de un breve espacio de tiempo. Tras lo cual la extenuada novia y su nuevo marido pudieron ir a la casa que el jefe Kagisu Kumalo había dispuesto para ellos, cerca del perímetro de la aldea, de modo de darles un poco de privacidad.

A pesar de ese propósito Lindiwe Kumalo, madre de Miriam, había tomado sus propias decisiones. Se instaló en una pequeña habitación vecina al dormitorio de los nuevos esposos y a través de una fractura en la pared se puso a observar detenidamente y en manera subrepticia como su hija y su marido entraban en su habitación. De inmediato la novia pidió al hombre que se despojara de su camisa y se acostara en la cama boca arriba; luego subió al lecho y levantándose el vestido blanco comenzó a avanzar con sus rodillas sobre el cuerpo el hombre.

Aunque Lindiwe sólo tenía el propósito de verificar que el casamiento se consumara en la noche de bodas, no pudo resistir la curiosidad de ver las actividades de su hija.

Miriam se desplazó arrodillada en la cama por sobre el pecho desnudo del novio y llegó a sus hombros; Lindiwe observó el contraste entre el vestido y la piel blanca del hombre con los muslos negros de su hija, y a pesar de su edad se sintió inundada por una oleada de excitación sexual. A continuación la novia se quitó las bragas y continuó deslizándose en la cama hasta depositar su zona erógena en el rostro del hombre; entonces comenzó a hamacarse con una cadencia creciente mientras su propia excitación aumentaba y de sus labios surgía un suave susurro melódico cuyo volumen comenzó a crecer y hacerse más frenético. El hombre colocó sus manos en los muslos de su esposa y mientras la acariciaba empujaba la zona erógena sobre su boca.

Con su calentura al máximo Lindiwe decidió que no deseaba ver más y se alejó de la pared que comunicaba a ambas habitaciones; cuando salía ya de la casa oyó un grito de su hija al llegar al clímax.

La anciana sonrió; Miriam era su hija predilecta así como la del jefe Kagisu. Le encantaba ver cómo ella controlaba a su marido blanco y éste no sólo le aceptaba cosas que Lindiwe jamás hubiera soñado hacer, sino que por lo visto también disfrutaba con ello. Esa apreciación por la hija de su vientre era fuente de orgullo para la matriarca zulú.

Epílogo

Un año después

Esta vez más la gastada camioneta fue a buscarlos a la estación de ferrocarril. La habían dejado en la estadía anterior con la familia de Miriam y ahora Kgabu, uno de sus hermanos la conducía aunque en forma un poco brusca sobre el terreno desigual.

-Perdona hermanita.- Dijo el muchacho.- Espero no estar aporreando a mi futuro sobrino.- Diciendo eso guiñó un ojo por el espejo retrovisor a Alec que lo observaba un poco alarmado.

-Sobrinos.- Corrigió la mujer con un gesto de dolor al tropezar el vehículo con una roca semioculta.

-¡No me digas que tienes mellizos!- Respondió el sorprendido Kgabu.

-Así parece.

-Vas a dar una gran alegría a Mamá.

- Así lo estoy pagando con este viaje. ¿Escucha, no puedes ir un poco más despacio?

Cuando por fin arribaron a la aldea vieron que prácticamente todo el clan los estaba esperando. Kgabu estacionó la camioneta frente a la casa de sus padres y Alec se apeó por la puerta del acompañante para ayudar a su mujer a bajar del vehículo; en realidad casi bajarla en brazos y depositarla en el suelo. Al ver a su hija mayor con un embarazo prominente Kagisu evitó una lágrima rebelde que hubiera menoscabado su autoridad mientras que Lindiwe dio rienda suelta a sus emociones y corrió en brazos de su hija. Era tal el volumen del vientre de esta que tuvo que conformarse con abrazarla de lejos y besarla de costado.

-¡Qué vientre tan enorme tienes!

-Es que son dos.

La anciana prorrumpió en gritos de alegría por la inesperada noticia que no le había sido anticipada y acarició la panza hinchada.

En un inesperado gesto placentero el jefe Kagisu se acercó también y al pasar junto a Alec le palmeó el hombro.

Una vez que hubo terminado de agasajar a su hija Lindiwe a pesar de la diferencia de alturas se plantó frente a su yerno y lo miró fijamente a los ojos.

-Bien, parece que has cumplido con tu compromiso con tu mujer y conmigo.- Dijo apuntando al vientre de Miriam.- Y mellizos, para recuperar el tiempo perdido por mi hija.

Alec soportó la mirada escrutadora sin tensiones. La anciana tuvo que reconocerse a sí misma que ciertos prejuicios que había concebido en la noche nupcial al ver al ruso practicando el sexo oral a Miriam aún vestida con su traje de bodas eran infundados. Ahora debía rendirse a la evidencia, dado lo contado por su hija sobre los antecedentes de su marido, los nietos de Lindiwe tendrían sangre de un guerrero y de un amante poderoso.

Mientras tanto Jabulile y Olwethe, las dos hermanas pequeñas de Miriam se apropiaron de ella y comenzaron con sus preguntas sobre el acontecimiento.

-¿Sabes si son varones o mujeres?

-Son varones.

Las niñas mostraron un gesto de desagrado al no tener sobrinas con quien jugar.

-¿Serán blancos o negros?

-Una mezcla de ambas cosas.

-¿Tendrán los ojos de colores como el padre?

-Alec, se llama Alec. Llama al padre por su nombre.

Miriam quedó meditando la respuesta, finalmente decidió que de nada valía explicar a sus hermanas que los ojos claros son un factor genético recesivo de modo que decidió postergar la respuesta para no decepcionarlas.

-Debemos esperar a que nazcan para saberlo.

-¿Y cómo serán? ¿Alec ya ha tenido hijos?

La pregunta tomó a Miriam por sorpresa. La serie de pequeños mestizos engendrados por su marido en la aldea en Ruanda volvieron a su mente. Sacudió la cabeza para alejar los pensamientos negativos basados en los celos y respondió sin dudar.

-Sí, ha tenido, y son muy lindos.

En ese momento Alec se acercó y las niñas se alejaron. Aún invadida por la furia del recuerdo traído por la pregunta de sus hermanas Miriam le espetó a bocajarro.

-¿Y tú, semental ruso, es que pretendes cambiar el mapa genético de África por tu cuenta?

Lógicamente la pregunta dejó al hombre confundido, de modo que al ver su turbación la mujer depuso su actitud. Desde que estaba con ella Alec había cambiado profundamente, como respuesta a una vida ordenada y con propósito. Miriam sonrió y le tomó por la mano, diciendo.

-Ahora eres mi semental ruso privado.

Aún sin comprender totalmente los pensamientos que atravesaban la mente de su mujer el hombre repuso.

-Hasta el momento no te habías quejado por eso.

Kagisu organizó un almuerzo limitado a los miembros de la familia. Con más tiempo haría una cena amplia para agasajar a los recién llegados.

Luego de la comida Miriam golpeó su vaso con una cucharita con el objeto de lograr la atención de todos; una vez logrado el silencio dijo.

-Aparte de la que tienen a la vista.- Y señaló a su vientre.- tengo otra noticia para compartir con ustedes.

La mujer hizo una pausa y prosiguió.

-Alec ha conseguido un puesto en el área del gobierno sudafricano que se encarga de asuntos ambientales. Va a trabajar en un sector específicamente orientado a proteger a la vida silvestre amenazada, en particular a los elefantes, como parte de una iniciativa de veinte países africanos para la protección de los mismos. Yo misma he conseguido un puesto en un hospital de esta zona. Estamos buscando un lugar adecuado para nuestra familia pero lo cierto es que vamos a mudarnos cerca de esta aldea, en territorio zulú.

Lindiwe exclamó de alegría y levantándose de su silla se aproximó a ella y la abrazó.

-Excelente noticia. ¿Cuando será eso?

-Una vez que nazcan los niños y podamos movilizarnos con ellos.

Kagisu estaba obviamente complacido con la noticia y preguntó a su yerno, dirigiéndose a él nuevamente por su nombre.

-Alec. Debes saber que el trabajo tendrá riesgos. Los cazadores furtivos pueden ser gente muy violenta y van armados hasta los dientes. Están financiados por gente del país y del exterior y hay mucho dinero en juego.

-Es por eso que me tomaron para este puesto, por mi experiencia militar.

-¿Vas a tener hombres a tu cargo?

-Sí, tendré que seleccionarlos y entrenarlos para la tarea.

Al ir las noticias Funani y Kgabu, hermanos de Miriam abordaron al ruso demandando ser elegidos para la tarea que excitaba vivamente su imaginación juvenil.

Esa noche, luego de la cena comunal Miriam y Alec se retiraron a la casa que les habían asignado en el casamiento y que había quedado reservada para ellos. Se hallaban extenuados y la mujer fue a la habitación vecina, donde tenía ropa guardada desde su estadía previa un año antes. Regresó al dormitorio con el vestido blanco de novia, que casi no le entraba por el embarazo. Se acercó a su marido y le comenzó a quitar la camisa. Luego le dijo.

-¿Recuerdas nuestra primera noche en esta cama?

-Por supuesto.

-Quiero repetirla.

-No podrás con ese vientre, no querrás correr riesgos.

-Eso déjamelo a mí. Ya me arreglaré. Tú acuéstate en la cama.

Con movimientos lentos Miriam fue ascendiendo de rodillas por el pecho desnudo de Alec. Cuando se colocó en posición se aseguró que el hombre pudiera respirar por debajo de su vientre. El balanceo comenzó suavemente mientras la mujer emitía gruñidos felinos. El ritmo tanto del movimiento como del sonido fue subiendo gradualmente.

En la habitación vecina, del otro lado de la grieta en la pared, Lindiwe se preparó a observar la repetición de la acción de un año antes.

Del Autor

Estimado lector,

Le agradezco que se haya interesado en leer estas breves palabras en la que hablo de mi obra. Es un buen hábito tratar de entender que llevó a un autor a escribir un libro particular, ya que las motivaciones varían de autor en autor y de libro en libro.

Como señal de respeto al lector, en todos mis libros realizo una exhaustiva investigación previa sobre los hechos a que se refiere la obra, particularmente teniendo en cuenta que muchas de ellas transcurren en lugares a veces apartados entre sí y en épocas históricas también diversas; es decir que mis libros a menudo transitan dilatados trechos en el tiempo y en el espacio.

Estas búsquedas están basadas en mi memoria, en la amplia biblioteca familiar y en el gigantesco cantero de hechos y datos constituido por Internet. En la red global todos pueden buscar pero no todos encuentran lo mismo... afortunadamente, ya que este hecho da lugar a una enorme variabilidad y diversidad.

La trama por supuesto proviene de la imaginación y la fantasía. Ésta es para mí de fundamental importancia y confieso que jamás escribiría un libro que no me interesara leer; mis gustos como escritor y como lector coinciden en alto grado.

Mis obras con frecuencia transcurren en lugares exóticos y se refieren a veces a hechos sorprendentes y hasta paradójicos, pero jamás entran en el terreno de lo fantástico e increíble. Es más, a menudo los hechos más bizarros suelen ser verídicos.

Sobre el Autor

Louis Alexandre Forestier es el seudónimo adoptado por un novelista argentino para cierto tipo de narrativa, en general cuentos *y nouvelles* de carácter erótico y de obras del género *noir*.

El autor ha vivido en Nueva York durante años y ahora reside en Buenos Aires, su ciudad natal. Su estilo es despojado, claro y directo, y no vacila en abordar temas espinosos.

Obras de L. A.Forestier

F ICCIÓN
(En Inglés)
Hot Brooklyn Heights
Cristelle
Valentina
Nubia-Warrior princess
Shaletha- Romance in Manhattan
Khaliyha- Ebony Princess
The Sorceress
Swirl
Lust
(En Castellano)
Hot Brooklyn Heights
Cristelle
Valentina
Nubia- Princesa Guerrera
Shaletha-Romance en Manhattan
Khaliyha-Princesa de Ébano
Kambiri-Amores Prohibidos
La Hechicera
Lujuria
Zulú

Coordenadas del Autor

Sitio web: https://louisforestiernarrativa.wordpress.com/
Facebook: http://tinyurl.com/hrq7bsy
Twitter: @Forastero010
Mailto: louisforestier6@gmail.com

Sobre el Editor

Oscar Luis Rigiroli publica los libros a su cargo en ediciones impresas y electrónicas por medio de una red comercial que les brinda una amplia cobertura mundial con ventas en los cinco continentes. El catálogo incluye tanto numerosos títulos de su propia autoría como aquellos escritos por otros autores. Todas las obras están disponibles en idiomas castellano e inglés.

Abundante información sobre dichos títulos puede ser consultada en los siguientes sitios web:

https://narrativaoscarrigiroli.wordpress.com/ y

https://louisforestiernarrativa.wordpress.com/

El lector queda amablemente invitado a consultarlos en la seguridad de hallar buenas experiencias de lectura.